ALICIA

ALMA CLÁSICOS ILUSTRADOS

ALICIA

LEWIS CARROLL

Ilustrado por
Giselfust

Títulos originales: *Alice's Adventures in Wonderland; Through the Looking-Glass and What Alice Found There*

© de esta edición:
Editorial Alma
Anders Producciones S.L., 2020
www.editorialalma.com

 @almaeditorial

© Traducciones:
Alicia en el País de las Maravillas: Mauro Armiño
La presente edición se ha publicado con la autorización de Editorial EDAF. S.L.U.
Alicia a través del Espejo: Teresa Barba y Andrés Barba
La presente edición se ha publicado con la autorización de Editorial Sexto Piso, S.A.

© Ilustraciones: Giselfust

Diseño de la colección: lookatcia.com
Diseño de cubierta: lookatcia.com
Maquetación y revisión: LocTeam, S.L.

ISBN: 978-84-18008-17-7
Depósito legal: B14332-2020

Impreso en España
Printed in Spain

Este libro contiene papel de color natural de alta calidad que no amarillea (deterioro por oxidación) con el paso del tiempo y proviene de bosques gestionados de manera sostenible.

ÍNDICE

ALICIA EN EL PAÍS DE LAS MARAVILLAS

PREFACIO

En la tarde dorada del estío
ociosos navegamos por el agua;
llevan unos bracitos los remos
que apenas sus manitas abarcan
y que en vano guiarnos pretenden
donde nosotros deseamos.

¡Ay, qué crueles las Tres! En esta hora,
bajo un cielo propicio para el sueño,
pedirme que les cuente una historia
cuando mi aliento ni soplar puede
la pluma más leve. ¿Qué puede mi voz
ligera, frente a tres lenguas juntas?

Prima lanza imperiosa el mandato
formal: «Que empiece sin tardar»;
Secunda muy amablemente espera
«que el cuento no tenga pies ni cabeza»,
mientras Tercia interrumpe el relato
cada dos por tres a preguntar.

Y pronto, hecho de nuevo el silencio,
las tres su cabeza dejan ganar
por el mundo de extraña maravilla
que una niña soñando va a cruzar
charlando con pájaros y animales...
Allí ellas creen que se encuentran ya.

Siempre que el pobre cuentista quería,
seco ya el polvo de su fantasía,
dejar el cuento para el otro día
y descansar diciendo: «Mañana seguirá»,
las tres dichosas voces le decían: «Mañana es ya».

Nació así el País de las Maravillas:
así uno tras otro los raros sucesos
surgiendo fueron;
y ahora el cuento acabó.
La barca hacia casa nos devuelve
felices bajo el sol.

Acepta, Alicia, la infantil historia
y ponla con tu delicada mano
donde duermen los sueños infantiles,
a la memoria unidos, cual secas flores
que un día ya lejano recogiera
un peregrino en muy lejana tierra.

Capítulo I

POR LA MADRIGUERA DEL CONEJO

Alicia empezaba a hartarse de estar sentada al lado de su hermana en la orilla del río y sin nada que hacer: una o dos veces había echado una ojeada al libro que su hermana estaba leyendo, pero no tenía estampas ni diálogos. «Y ¿para qué sirve un libro sin estampas ni diálogos?», pensó Alicia.

Por eso, estaba dándole vueltas en la cabeza (dentro de lo posible, porque el calor del día adormecía y llenaba de torpor sus sensaciones) a si valdría la pena levantarse y recoger margaritas para trenzar con ellas una cadeneta, cuando de pronto un Conejo Blanco de ojos rosas pasó corriendo a su lado.

En aquello no había nada *excesivamente* particular; ni tampoco le pareció a Alicia *excesivamente* fuera de lo normal oír al Conejo decirse a sí mismo: «¡Ay, Dios mío! ¡Dios mío! ¡Voy a llegar tarde!» (cuando más tarde volvió a pensar en este episodio, a Alicia se le ocurrió que habría debido asombrarse, pero en aquel momento le pareció completamente natural); pero cuando el Conejo *sacó un reloj del bolsillo de su chaleco* y lo miró y echó a correr de nuevo, Alicia se puso en pie de un brinco, al cruzar por su mente como un rayo la idea de que nunca había visto un conejo con un chaleco con bolsillo, y menos aún con un reloj que sacar de ese bolsillo; muerta de curiosidad, echó a correr tras él por el campo, justo a tiempo de verlo desaparecer en una ancha madriguera debajo del seto.

Un momento más tarde, Alicia se metía tras él, sin pensar ni por asomo cómo se las arreglaría para salir de allí.

Durante un trecho, la madriguera avanzaba recta como un túnel, y luego se hundía bruscamente, tanto que Alicia no tuvo tiempo siquiera de pensar en detenerse antes de encontrarse cayendo en un pozo muy profundo.

O el pozo era muy profundo, o ella caía muy despacio; lo cierto es que, mientras descendía, le sobró tiempo para mirar alrededor y preguntarse qué iba a pasar. Primero intentó mirar hacia abajo para ver dónde iba a parar, pero estaba demasiado oscuro para distinguir nada; luego se fijó en las paredes del pozo y reparó en que estaban cubiertas de aparadores y estanterías; aquí y allá vio mapas y cuadros colgados de escarpias. Al pasar, agarró un tarro de uno de los estantes; llevaba una etiqueta que ponía «MERMELADA DE NARANJA», pero, para gran desilusión suya, estaba vacío. No quiso tirar el tarro por miedo a matar a alguien que se encontrara debajo, así que se las arregló para dejarlo en uno de los aparadores cuando pasaba delante de él mientras caía.

«Vaya —pensó Alicia para sus adentros—, después de una caída como esta, ya no me importará caerme por las escaleras. ¡Qué valiente que soy pensarán en casa! ¡Sí, aunque me cayese desde lo alto del tejado, no rechistaría siquiera!» (Cosa que probablemente sería verdad.)

Y caía, caía y caía. ¿No iba a terminar *nunca* de caer? «Me gustaría saber cuántos kilómetros he caído ya —dijo en voz alta—. Debo estar llegando al centro de la Tierra. Vamos a ver: el centro tal vez esté a unas 4.000 millas de profundidad... » (Como puede verse, Alicia había aprendido unas cuantas cosas de este género en la escuela y, aunque no era aquella la mejor oportunidad para demostrar sus conocimientos, como allí no había nadie que la oyese era un buen ejercicio repetirlas.) «... Sí, esa es más o menos la distancia..., pero entonces me pregunto a qué latitud o longitud he llegado.» (Alicia no tenía ni idea de qué eran la latitud ni la longitud, pero pensó que eran unas palabras hermosísimas para decirlas.)

Pronto continuó: «Me pregunto si no estoy cayendo todo recto *atravesando* la Tierra entera. ¡Qué divertido sería salir entre esas gentes que andan con la cabeza abajo, y que son los *antípatas*[1] creo...». (Esta vez se alegró de que nadie *estuviera* escuchándola, porque no le sonaba del todo que aquella palabra fuera la correcta); «... bueno, tendré que preguntarles cuál es el nombre de su país. "Por favor, señora, ¿es esto Nueva Zelanda o Australia?"». (Y mientras hablaba ensayó una reverencia. ¡Imaginaos cómo se hace una *reverencia* mientras vais cayendo por el aire! ¡Pensad de qué forma os las apañaríais!) «¡Y qué niña *ignorante* pensarán que soy por preguntar! No, más vale no preguntar, quizá lo vea escrito en alguna parte.»

Y caía, caía, y caía. Como no tenía otra cosa que hacer, pronto empezó Alicia a hablar de nuevo: «Esta noche Dinah me echará en falta, seguro». (Dinah era la gata.) «Espero que se acuerden de su escudilla de leche a la hora del té. ¡Querida Dinah! ¡Cómo me gustaría que estuvieses aquí abajo conmigo! Puede ser que no haya ratones en el aire, pero siempre podrías cazar algún murciélago, ya sabes que se parecen mucho a un ratón. Me pregunto si comen murciélagos los gatos.» En este momento Alicia empezó a sentirse adormilada, y siguió diciéndose como en sueños: «¿Comen los gatos murciélagos? ¿Comen los gatos murciélagos?». Y de vez en cuando: «¿Comen los murciélagos gatos?[2]», porque, incapaz de responder a ninguna de esas preguntas, como veis, lo mismo daba hacer una u otra. Notó que estaba quedándose dormida, y acababa de empezar a soñar que iba de paseo de la mano de Dinah y que le preguntaba con toda seriedad: «Y ahora, Dinah, dime la verdad: ¿te has comido alguna vez un murciélago?», cuando de pronto, ¡pumba!, ¡paf!, fue a dar sobre un montón de ramas y hojas secas, y la caída se acabó.

Alicia no se había hecho el menor daño y, al momento, estaba en pie de un salto; miró hacia arriba: encima de su cabeza todo estaba oscuro; delante había un largo pasadizo, y el Conejo Blanco todavía estaba a la vista,

---

1   *Antipathies* se pronuncia en inglés de forma casi idéntica a *antipodes* (antípodas). (N. del T.)

2   En inglés la frase *Do cats eat bats?* tiene una sonoridad semejante a *Do bats eat cats?*, que posibilita la sustitución fácil de una por otra. Además, resulta imposible traducir el ritmo monótono, casi hipnótico, de esos monosílabos. (N. del T.)

metiéndose por él a todo correr. No había tiempo que perder, Alicia corrió como el viento, justo a tiempo de oír al Conejo decir cuando doblaba un recodo: «¡Por mis orejas y mis bigotes, se me está haciendo muy tarde!». Estaba a punto de pillarlo, pero cuando ella dobló el recodo, el Conejo había desaparecido: se encontró en un vestíbulo largo y bajo, que iluminaba una hilera de lámparas colgadas del techo.

Alrededor del vestíbulo había puertas, pero todas cerradas; y después de haberlo recorrido de punta a punta, bajando por la derecha, subiendo por la izquierda y probando en todas las puertas, Alicia regresó entristecida al centro del vestíbulo preguntándose cómo lograría salir de allí.

De pronto se encontró ante una mesita de tres patas, toda de cristal macizo: no había nada encima, salvo una minúscula llavecita de oro, y lo primero que pensó Alicia fue que aquella llave tal vez debía abrir alguna de las puertas del vestíbulo; pero, ¡ay!, o las cerraduras eran demasiado grandes, o la llave demasiado pequeña, porque lo cierto es que no pudo abrir ninguna. Sin embargo, cuando lo intentaba por segunda vez, descubrió una cortina baja en la que hasta entonces no se había fijado, y tras ella había una puertecita de unas quince pulgadas de alto: probó la llavecita de oro en la cerradura y, para gran alborozo suyo, encajaba.

Alicia abrió la puerta y vio que daba a un pasadizo pequeñísimo, no mucho más ancho que una ratonera; poniéndose de rodillas divisó, al final del pasadizo, el jardín más hermoso que jamás hayáis visto. ¡Cuánto deseaba salir de aquel oscuro vestíbulo y pasear entre aquellos macizos de brillantes flores y aquellas frescas fuentes! Pero ni siquiera podía pasar la cabeza por la abertura de la entrada. «Y aunque consiguiera pasar la cabeza —pensó la pobre Alicia—, de qué poquito me serviría sin los hombros. ¡Ay, cómo me gustaría poder plegarme como un catalejo! Si supiera por dónde empezar, tal vez podría.» Pues, como veis, últimamente habían ocurrido tantas cosas extraordinarias que Alicia empezaba a pensar que solo unas pocas eran realmente imposibles.

Parecía inútil esperar junto a la puertecita, y por eso volvió hacia la mesa con la vaga esperanza de encontrar otra llave o por lo menos un libro de instrucciones para plegarse una misma como los catalejos: esta vez halló encima de la mesa un pequeño frasquito, «que, desde luego, antes no estaba aquí», dijo Alicia, y alrededor del cuello del frasquito había una etiqueta con la palabra «BÉBEME» bellamente impresa en letras mayúsculas.

Quedaba muy bonito decir «Bébeme», pero la prudente y pequeña Alicia no iba a hacerlo sin más ni más. «No, primero miraré a ver si en alguna parte pone *veneno* o no», dijo; porque había leído varios cuentos deliciosos sobre niños que habían acabado quemándose, y que habían sido devorados por fieras salvajes, y otras cosas desagradables, y todo por no haber *querido* recordar los sencillos consejos que sus amigos les habían dado; por ejemplo, que un atizador al rojo quema si se tiene demasiado tiempo en las manos; y que si os hacéis en el dedo un corte muy profundo con un cuchillo, generalmente el dedo sangra; y tampoco se le olvidaba que si bebéis demasiado de una botella donde pone «veneno», es casi seguro que antes o después os haga daño.

Sin embargo, en el frasco no ponía «veneno», por lo que Alicia se aventuró a probarlo, y como lo encontró muy agradable (en realidad sabía a una especie de mezcla de tarta de cerezas, flan, piña, pavo asado, caramelo y tostadas con mantequilla), muy pronto se lo bebió todo.

✳✳✳

«¡Qué sensación más curiosa! —dijo Alicia—. Debo estar encogiéndome como un catalejo.»

Y así era: ahora solo medía 10 pulgadas de alto, y su cara resplandeció al pensar que ya tenía el tamaño adecuado para pasar por la puertecilla hasta aquel precioso jardín. Sin embargo, esperó primero unos minutos para ver si seguía menguando todavía, porque estaba algo preocupada. «Porque, ya veis, podría acabarme del todo, como una vela. Y me pregunto cómo sería entonces.» Trató de imaginar a qué se parece la llama de una vela cuando se apaga, pues no recordaba haber visto nunca una cosa así.

Al cabo de un rato, viendo que no pasaba nada más, decidió entrar en el jardín acto seguido. Pero, ¡ay, pobre Alicia! Cuando llegó a la puerta reparó en que había olvidado la llavecita de oro, y cuando volvió a la mesa en su busca se encontró con que no podía alcanzarla; la veía con toda claridad a través del cristal, e hizo lo imposible por trepar por una de las patas de la mesa, pero era demasiado resbaladiza, y cuando se sintió agotada de tanto intentarlo, la pobre cosita se sentó y se echó a llorar.

«¡Vamos, que llorar de esta manera no sirve de nada! —se dijo Alicia en tono bastante severo—. Te aconsejo que dejes de hacerlo ahora mismo.» Por regla general, se daba bonísimos consejos (aunque rara vez los seguía), y a veces se regañaba con tanta severidad que se le saltaban las lágrimas; recordaba incluso que una vez había intentado darse un tirón de orejas por hacer trampas en una partida de *croquet* que jugaba consigo misma; porque a esta curiosa niña le gustaba fingir que era dos personas: «Pero ahora no sirve de nada —pensó la pobre Alicia— pretender ser dos personas. Porque apenas si queda de mí lo suficiente para hacer *una* digna de ese nombre».

No tardó en caer su mirada sobre una cajita de cristal que había debajo de la mesa: la abrió y encontró en ella un pastelillo pequeñísimo, en el que la palabra «CÓMEME» estaba bellamente escrita con pasas. «Bueno, me lo comeré, dijo Alicia; si me hace crecer, podré alcanzar la llave; si me hace menguar, podré colarme por debajo de la puerta; pase lo que pase, entraré en el jardín; ¡poco me importa lo que ocurra!»

Dio un mordisquito, y se dijo muy ansiosa para sus adentros: «¿Hacia dónde? ¿Hacia dónde?», poniendo la mano encima de la cabeza para ver en qué sentido se producía el cambio; y quedó completamente sorprendida al darse cuenta de que seguía con el mismo tamaño. Esto es, por supuesto, lo que suele ocurrir cuando comemos un pastel, pero Alicia estaba tan acostumbrada a esperar que solo ocurrieran cosas extraordinarias que le pareció de lo más soso y estúpido que la vida siguiera por el camino normal.

Así pues, se concentró en la tarea, y en un abrir y cerrar de ojos acabó con el pastel.

Capítulo II

EL CHARCO DE LÁGRIMAS

«¡Qué curiosoque y curiosoque![3] —exclamó Alicia (estaba tan sorprendida que, en ese instante, se olvidó por completo de hablar correctamente)—. ¡Ahora resulta que me estiro como el mayor catalejo que nunca haya existido! ¡Adiós, pies míos!» (Porque, cuando miró hacia abajo, a sus pies, le pareció que casi se perdían de vista, de lo mucho que se iban alejando.) «¡Ay, pobres piececitos! ¡Me pregunto quién os pondrá ahora los zapatos y las medias! Seguro que yo no podré. Estaré demasiado lejos para ocuparme yo misma de vosotros. Tendréis que arreglároslas lo mejor que podáis...» «Pero debo ser amable con ellos —pensó Alicia—, no vaya a ser que se nieguen a ir donde yo quiera. Vamos a ver: les regalaré unas botinas nuevas todas las Navidades.»

Y siguió haciendo planes sobre cómo se las arreglaría. «Tendré que mandárselas por un mensajero —pensó—. ¡Qué divertido debe ser enviar regalos a los pies de una misma. ¡Y qué raras parecerán las señas!

---

3   Alicia comete un error de lengua al decir, en lugar de *more and more curious,* un barbarismo: *curioser and curioser.* Añade una terminación de comparativo a un adjetivo que no la admite. El matiz resulta imposible de trasladar y lo traduzco jugando con una transposición en el orden de la oración admirativa. (N. del T.)

A Don Pie Derecho de Alicia.
Felpudo de la chimenea,
junto al guardafuego
(con el cariño de Alicia).

¡Dios mío! ¡Cuántos disparates digo!»

En ese mismo instante su cabeza chocó contra el techo del vestíbulo; resulta que ahora tenía más de nueve pies de altura; inmediatamente agarró la llavecita de oro y echó a correr hacia la puerta del jardín.

¡Pobre Alicia! Lo único que pudo hacer fue tumbarse de costado y mirar hacia el jardín con un solo ojo; pero las esperanzas de pasar al otro lado eran menores que nunca; así que se sentó en el suelo y empezó a llorar otra vez.

«Debería darte vergüenza —se dijo Alicia—, una chica tan grande como tú (ahora sí que podía decirlo con motivo) llorando de esa manera. Te ordeno que dejes de llorar ahora mismo.» Pero no hizo caso a la orden, derramando cubos de agua hasta que se formó todo alrededor un enorme charco de unas cuatro pulgadas de hondo y que llegaba hasta la mitad del vestíbulo.

Al cabo de un rato oyó a lo lejos un ruido de pisadas, y se apresuró a secarse los ojos para ver quién venía. Era el Conejo Blanco que estaba de vuelta, espléndidamente vestido, con un par de guantes blancos de cabritilla en una mano y un amplio abanico en la otra; llegaba trotando con mucha prisa y murmurando para sus adentros mientras se acercaba: «¡Oh, la Duquesa, la Duquesa! Se pondrá hecha una furia si la hago esperar». Tan desesperada se sentía Alicia que estaba dispuesta a pedir ayuda a quien fuese; por eso, cuando el Conejo pasó cerca, empezó a decirle en voz baja y tímida: «Por favor, señor...». El Conejo se sobresaltó mucho, soltó los guantes blancos de cabritilla y el abanico y se escabulló en la oscuridad lo más deprisa que pudo.

Alicia recogió el abanico y los guantes y, como en el vestíbulo hacía mucho calor, se puso a abanicarse mientras seguía diciendo: «¡Ay, Dios mío! ¡Qué raro es todo hoy! ¡Y ayer todo era tan normal! Me pregunto si habré cambiado durante la noche. Espera que pienso: ¿*era* yo la misma al levantarme esta mañana? Creo recordar que me he sentido algo distinta. Pero si no soy la misma, la siguiente pregunta es: ¿quién diablos soy yo? ¡Ay, *ese es el* gran rompecabezas!». Y empezó a pensar en todas las niñas que conocía que fueran de su misma edad, para ver si se había cambiado por alguna de ellas.

«Estoy segura de no ser Ada —dijo—, porque lleva en el pelo unos rizos larguísimos, y los míos no se rizan para nada; y estoy segura de que no puedo ser Mabel, porque yo sé muchas cosas, y ella, bueno, ella no sabe casi ninguna. Además, *ella es* ella y yo *soy yo,* y ¡ay, Dios mío, qué lío! Probaré a ver si sé todas las cosas que solía saber. Veamos: cuatro por cinco, 12, y cuatro por seis, 13, y cuatro por siete... ¡Ay, Dios mío!..., a este paso nunca llegaré a 20. De todos modos, la tabla de multiplicar no importa mucho; probemos con la Geografía: Londres es la capital de París, y París es la capital de Roma, y Roma..., no, estoy segura de que todo eso está mal. He debido de cambiarme por Mabel. Intentaré recitar *Ved al ágil cocodrilo...*»; cruzó las manos sobre el regazo como si estuviera diciendo la lección y empezó a recitar, pero su voz sonaba ronca y extraña, y las palabras no eran las que solían ser:

Ved al ágil cocodrilo
que con su cola lustrada
echa las aguas del Nilo
en sus escamas doradas.

Vedlo cómo abre los dientes,
¡qué alegría cuando bebe
y abre a los pequeños peces
su bocaza sonriente!

«Estoy segura de que no son las palabras exactas —dijo la pobre Alicia, y sus ojos volvieron a inundarse de lágrimas mientras continuaba—: después de todo, debo de ser Mabel, y tendré que ir y vivir en esa casita miserable, y no tendré juguetes con que jugar, y, ¡ay, cuántas lecciones que aprender! ¡No, estoy completamente decidida: *si soy* Mabel, me quedaré aquí! Será inútil que asomen la cabeza y digan: "Anda, sube, querida". Me limitaré a mirar hacia arriba y decir: "Entonces, ¿quién soy? Decídmelo primero, y si me gusta ser esa persona, subiré; si no, me quedo aquí abajo hasta que sea alguna otra...". Pero, Dios mío —exclamó Alicia con un repentino y nuevo brote de lágrimas—, ¡cómo me *gustaría* que alguien se asomara! ¡Estoy tan *cansadísima* de estar aquí completamente sola!...»

Al decir esto bajó los ojos a sus manos, y quedó sorprendida porque, mientras hablaba, se había puesto uno de los pequeños guantes blancos de cabritilla del Conejo. «¿Cómo *puedo* haberlo hecho? —pensó—. Debo de estar menguando otra vez.» Se levantó y fue hasta la mesa para medirse por ella, y descubrió que, por lo que podía suponer, ahora tenía unos dos pies de altura, y que estaba menguando a toda velocidad; no tardó en adivinar que la causa era el abanico que tenía en la mano, así que lo soltó a toda prisa, justo a tiempo de evitar desaparecer por completo.

«De buena me he librado —dijo Alicia, bastante asustada por su repentina transformación, pero muy contenta de sentirse viva todavía—. Y ahora, ¡al jardín!», y echó a correr a toda velocidad hacia la puertecilla; pero, ¡ay!, la puertecita estaba otra vez cerrada, y la llavecita de oro estaba sobre la mesa de cristal como antes. «Y ahora las cosas están peor que nunca —pensó la pobre niña—, porque nunca he sido tan pequeña como ahora, ¡nunca! Y declaro que todo está demasiado mal, ¡de veras!»

Cuando decía estas palabras, su pie resbaló, y un momento después, ¡plaf!, se encontró metida hasta la barbilla en agua salada. Lo primero que pasó por su cabeza fue que, sin saber cómo, había caído al mar... «Y en este caso puedo volver a casa en tren», se dijo a sí misma (Alicia solo había estado una vez en su vida a la orilla del mar, y había llegado a la conclusión general de que, a cualquier parte de las costas inglesas que uno vaya, encuentra gran número de cabinas de baño, unos cuantos niños haciendo hoyos en la arena con palas de madera, luego una hilera de hotelitos de alquiler y, detrás de ellos, una estación de ferrocarril). Sin embargo, pronto se dio cuenta de que estaba en el charco de lágrimas que ella misma había derramado cuando tenía nueve pies de altura.

«¡Ojalá no hubiera llorado tanto! —dijo Alicia mientras nadaba dando vueltas, tratando de encontrar una salida—. Supongo que ahora recibo mi castigo, ahogándome en mis propias lágrimas. ¡Seguro que *será* un accidente extraño! ¡Pero hoy resulta todo tan extraño!»

Justo entonces oyó que había algo chapoteando cerca, en el charco, y nadó en aquella dirección para ver qué era: al principio pensó que se trataría de una morsa o de un hipopótamo, pero luego recordó lo pequeña que

ahora era, comprendiendo acto seguido que solo se trataba de un ratón que, como ella, había resbalado.

«¿Servirá de algo dirigirle la palabra a este ratón? —pensó Alicia—. Aquí abajo es todo tan extraordinario que nada me extrañaría que hablase; de todos modos, nada pierdo por intentarlo.» Y empezó así: —Oh, Ratón, ¿conoces el camino para salir de este charco? Estoy cansadísima de nadar dando vueltas. Oh, Ratón.— Alicia pensó que esos serían los términos más apropiados para dirigirse a un ratón; jamás hasta entonces había hecho nada parecido, pero recordaba haber visto en la Gramática Latina de su hermano: «Un ratón, de un ratón, al ratón... un ratón... ¡oh, ratón!». El ratón la miró con curiosidad, y a Alicia le pareció incluso que le guiñaba uno de sus ojillos, pero no dijo nada.

«Quizá no entienda inglés —pensó Alicia—. Me figuro que es un ratón francés que llegó aquí con Guillermo el Conquistador.» (Porque a pesar de sus conocimientos de historia, Alicia no tenía una noción demasiado clara de cuándo había ocurrido nada.) Así pues, empezó de nuevo: —*Où est ma chatte?*[4]— que era la primera frase de su gramática francesa. El Ratón dio de repente un brinco fuera del agua, y pareció que todo él temblaba de espanto. —Ay, le ruego que me perdone —exclamó rápidamente Alicia, temiendo haber herido los sentimientos del pobre animal—. ¡Se me olvidó por completo que a usted no le gustan los gatos!

—¡No me gustan los gatos! —gritó el Ratón con voz chillona y apasionada—. ¿Te gustarían a *ti si* tú fueras yo?

—Bueno, quizá no —dijo Alicia en tono conciliador—, no se enfade por eso. Aunque me gustaría poder presentarle a nuestra gata Dinah; creo que se enamoraría usted de los gatos solo con verla. Es tan tranquila y tan adorable —continuó Alicia, a medias para sus adentros, mientras nadaba perezosamente en el charco—, y ronronea con tanto primor cuando se sienta junto al fuego, lamiéndose las patitas y lavándose con ellas la cara..., y es una cosa tan suave y tan deliciosa de mecer..., y caza tan bien ratones... ¡Ay, discúlpeme! —exclamó Alicia de nuevo, porque esta vez el Ratón se había erizado

---

4 «¿Dónde está mi gata?» (N. del T.)

por completo, y ella estuvo segura de haberlo ofendido realmente—. Si no le gusta, no hablaremos más de ella.

—¡*Nosotros,* nosotros no volveremos a hablar! —gritó el Ratón, que temblaba hasta la punta de la cola—. ¡Cómo si fuera yo el que se empeña en hablar de ese tema! Nuestra familia siempre *odió* a los gatos: ¡son unos bichos viles, bajos y vulgares! ¡No quiero volver a oír otra vez esa palabra!

—No volveré a hacerlo —dijo Alicia apresurándose a cambiar de conversación—. ¿A usted..., a usted le gustan... los perros? —El Ratón no contestó, y por eso Alicia continuó llena de ansiedad—: Hay cerca de nuestra casa un perrito que me gustaría enseñarle. Un pequeño terrier de ojos brillantes, ¿sabe?, y con un pelo marrón largo y todo lleno de rizos. Y corre a buscar las cosas cuando se las tiras, y sabe ponerse a dos patas para pedir la comida..., y muchas otras cosas, tantas que no recuerdo ni la mitad de ellas; y es de un granjero, ¿sabe?, y dice que le ayuda mucho y que no lo vendería ni por 100 libras. Dice que le mata todas las ratas y... ¡Ay, Dios mío! —exclamó Alicia en tono lastimero—, me temo que he vuelto a ofenderlo— porque el Ratón se alejaba de su lado nadando a la mayor velocidad posible y produciendo a su paso gran agitación en el agua del charco.

Por eso Alicia lo llamó en tono muy suave: —¡Ratoncito querido!, vuelve aquí, y no hablaremos nunca más de gatos ni de perros si no te gustan—. Cuando el Ratón oyó esto, dio media vuelta y nadó despacio hacia ella: su cara estaba completamente pálida (de cólera, pensó Alicia), y dijo en voz baja y temblorosa: —Vamos a la orilla y te cuento mi historia; así comprenderás por qué odio a los gatos y a los perros.

Salieron del charco justo a tiempo, porque estaba llenándose de pájaros y de los demás animales que se habían caído en él: había un Pato, un Dodo, un Lory y un Aguilucho, y varias otras extrañas criaturas más. Alicia encabezó la marcha y toda la banda se puso a nadar hacia la orilla.

Capítulo III

UNA CARRERA EN COMITÉ Y LARGA HISTORIA[5]

Era extraño, desde luego, el aspecto de aquel grupo reunido en la orilla: las aves con sus plumas a rastras, los demás animales con su pelaje pegado al cuerpo, y todos empapados, de mal humor e incómodos.

El primer problema era, por supuesto, cómo secarse; discutieron el tema, y al cabo de unos minutos Alicia estaba convencida de que lo más natural del mundo era encontrarse hablando familiarmente con ellos, como si los conociera de toda la vida. Por cierto, que Alicia mantuvo una larga discusión con el Lory, que terminó por enfurruñarse y se limitó a decir: —Soy más viejo que tú y debo saberlo mejor—, pero Alicia no estaba dispuesta a admitirlo sin saber su edad, y como el Lory se negó en redondo a decirle los años que tenía, no hubo más que hablar.

Finalmente el Ratón, que parecía ser persona de autoridad entre ellos, gritó: —Sentaos todos y escuchadme. Enseguida haré que estéis secos—. Se sentaron todos enseguida en un amplio corro, con el Ratón en el centro.

---

5 Carroll fue, al parecer, el primero en emplear la expresión *a caucus race; caucus* significa normalmente «comité político», aunque también tiene el sentido peyorativo de «camarilla política». Hay, además, en este título un juego de palabras si enlazamos el término *tale* (historia) con el juego explicado en la nota siguiente. (N. del T.)

Alicia, llena de ansiedad, clavó en él los ojos, porque estaba segura de que pillaría un buen resfriado si no se secaba cuanto antes.

—¡Ejem! —dijo el Ratón dándose aires de importancia—. ¿Estáis todos preparados? ¡Es la cosa más seca que conozco! Silencio alrededor, por favor. «Guillermo el Conquistador, cuya causa fue apoyada por el Papa, no tardó en ser reconocido por los ingleses, que necesitaban caudillos y que en los últimos tiempos se habían acostumbrado a la usurpación y a la conquista. Edwin y Morcar, condes de Mercia y de Northumbria»...

—¡Brrr!... —exclamó el Lory con un escalofrío.

—Perdón —dijo el Ratón, frunciendo el ceño, pero con mucha cortesía—. ¿Has dicho algo?

—¡Qué va! —contestó inmediatamente el Lory.

—Pensé que habías dicho algo —dijo el Ratón. Y prosiguió—: «Edwin y Morcar, señores de Mercia y de Northumbria, se pusieron de su parte; y hasta Stigand, el patriótico arzobispo de Canterbury, lo encontró oportuno».

—Encontró, ¿qué? —dijo el Pato.

—Encontró *lo* —contestó el Ratón algo enfadado—; supongo que sabes lo que *lo* quiere decir.

—Sé de sobra lo que *lo* quiere decir cuando *yo* encuentro algo —dijo el Pato—; generalmente *lo* es una rana o un gusano. La pregunta es: ¿Qué encontró el arzobispo?

El Ratón ignoró la pregunta y se apresuró a continuar:

—«Lo encontró oportuno, y con Edgar Atheling fue al encuentro de Guillermo para ofrecerle la corona. La conducta de Guillermo fue al principio moderada. Pero la insolencia de sus normandos»... ¿Cómo te encuentras ahora, querida? —prosiguió, volviéndose hacia Alicia mientras hablaba.

—Más mojada que nunca —dijo Alicia en tono melancólico—, no parece que así me seque nada de nada.

—En ese caso —dijo solemnemente el Dodo, irguiéndose—, propongo que levantemos la sesión y ahora mismo adoptemos remedios más enérgicos.

—¡Habla en inglés! —dijo el Aguilucho—. No entiendo el significado de la mitad de esas palabras largas y, lo que es más, tampoco creo que tú lo sepas —y el Aguilucho agachó la cabeza para ocultar una sonrisa; algunos otros pájaros soltaron risas sofocadas que, sin embargo, se oyeron.

—Lo que iba a decir —dijo el Dodo en tono ofendido— es que para secarnos lo mejor sería hacer una carrera de *comité.*

—¿Qué es una carrera de comité? —dijo Alicia; no es que le importara mucho, pero el Dodo había hecho una pausa como si pensara que *alguien* debía hablar, y nadie parecía dispuesto a decir nada.

—Bueno —dijo el Dodo—, la mejor manera de explicarlo es hacerla. (Y como a vosotros os puede divertir probarlo algún día de invierno, os contaré cómo la organizó el Dodo.)

Primero trazó una pista de carreras, más o menos circular («la forma exacta importa poco», eso dijo) y, luego, todos los presentes fueron colocándose aquí y allá, a lo largo de la pista. No hubo «un, dos, tres, ya», sino que se pusieron a correr cuando se les antojaba y se paraban cuando les venía en gana, de modo que no era fácil saber cuándo acababa la carrera. Sin embargo, después de estar corriendo más o menos media hora ya estaban completamente secos otra vez, el Dodo gritó de repente: —La carrera ha terminado—, y todos se apelotonaron a su alrededor jadeando y preguntando: —Pero ¿quién ha ganado?

El Dodo no podía contestar a la pregunta sin haberla madurado, y pasó mucho tiempo con un dedo en la frente (la postura en que normalmente suele verse a Shakespeare en los retratos), mientras el resto aguardaba en silencio. Por fin el Dodo dijo: —*Todos* hemos ganado, y *todos* debemos recibir los premios.

—Pero ¿a quién le toca dar los premios? —preguntó un coro de voces.

—Pues a *ella* por supuesto —dijo el Dodo señalando a Alicia con un dedo; y todos los asistentes se amontonaron inmediatamente alrededor de Alicia, gritando sin orden ni concierto:

—¡Los premios! ¡Los premios!

Alicia no tenía ni la menor idea de lo que debía hacer y, desesperada, metió la mano en el bolsillo y sacó una caja de confites (por suerte, no le había entrado el agua salada), que repartió a su alrededor como premios. Había exactamente uno para cada uno.

—Pero también ella debe tener un premio —dijo el Ratón.

—Claro —replicó el Dodo muy serio—. ¿Qué más tienes en el bolsillo? —continuó, volviéndose hacia Alicia.

—Solo un dedal —dijo Alicia en tono entristecido.

—Déjamelo —dijo el Dodo.

Todos se agolparon otra vez a su alrededor mientras el Dodo le presentaba solemnemente el dedal, al tiempo que decía: «Te rogamos que aceptes este elegante dedal», y cuando hubo acabado este breve discurso todos aplaudieron.

Alicia pensó que aquello era absurdo, pero la miraban tan serios que no se atrevió a reírse; y como no se le ocurría nada que decir, se contentó con hacer una inclinación y agarrar el dedal con el mayor aire de solemnidad que pudo.

Lo siguiente era comerse los confites; aquello provocó cierto ruido y confusión, porque los pájaros grandes se quejaban de que no podían saber siquiera a qué sabían, y los pequeños se atragantaban y había que darles palmadas en la espalda. Sin embargo, terminaron por comérselos, y de nuevo se sentaron todos en círculo y pidieron al Ratón que les contara algo.

—Me has prometido contarme tu historia, ¿te acuerdas? —dijo Alicia—, y por qué odias a los G y a los P —susurró, temiendo que se ofendiera otra vez.

—¡La mía es una historia larga y triste como mi cola![6] —dijo el Ratón, volviéndose hacia Alicia y suspirando.

—*Es,* desde luego, una cola larga —dijo Alicia, contemplando asombrada la cola del Ratón—; pero ¿por qué la llamas triste? —Y, mientras el Ratón hablaba, ella seguía dándole vueltas en la cabeza, por lo que la idea que se hizo de la historia fue algo parecido a esto:

---

6 El ratón dice: *Mine is a long and sad tale;* Alicia contempla la cola de su interlocutor, por lo que responde: *It is certainly a long tail. Tale* (historia) y *tail* (cola) se pronuncian en inglés exactamente igual. (N. del T.)

```
                    Furia
                  le dijo a
                 un ratón,
              al que en su casa
           encontró: «Vayamos a
              juicio los
            dos. Voy
          a denun-
          ciarte
          a ti.
          Vamos,
           no acepto
            negativas.
              Debemos tener un
                 juicio porque
                      en
                         realidad
                          esta
                          mañana
                          no
                          tengo
                          nada
                          que
                          hacer».
                      Dijo el
                    ratón al
                   perrillo:
                  «Tal
                  pleito,
                 querido
                señor,
               con
               ningún
               jurado
               ni juez
                serviría
                 de nada».
                  «Yo seré
                   juez y gran
                       jurado».
                       Dijo el
                         astuto y
                         viejo
                         Furia: «Yo
                         veré toda
                         la causa
                         y a
                         muerte
          te  condenaré».⁷
```

—No estás atendiendo —le dijo el Ratón a Alicia muy serio—. ¿En qué estás pensando?

—Le pido perdón —dijo Alicia muy humildemente—; creo que ya ha llegado usted a la quinta curva.

—Lo *dudo* —gritó el Ratón con acritud y muy furioso.

---

7   La disposición tipográfica del original trata de evocar la figura de una cola de ratón que va menguando, curvándose y afilándose a medida que termina. Cuando algo más adelante Alicia dice: «Creo que ya ha llegado usted a la quinta curva», se refiere a las curvas del dibujo. (N. del T.)

—¿Un nudo?[8] —dudó Alicia, siempre dispuesta a mostrarse útil y mirando llena de ansiedad a su alrededor—. ¡Déjeme ayudarle a deshacerlo!

—No lo permitiré —gritó el Ratón, que se puso de pie y se alejó andando—: Me insultas con tantas sandeces.

—Ha sido sin querer —imploró la pobre Alicia—; es que, ¿sabe?, se le ofende con tanta facilidad...

El Ratón se contentó con gruñir como respuesta:

—Por favor, vuelva y termine su historia.

Después Alicia se calló, y todos los demás se unieron a ella coreando:

—Sí, por favor —pero el Ratón se limitó a mover la cabeza con impaciencia y echó a caminar un poco más deprisa.

—¡Qué pena que no quiera quedarse! —suspiró el Lory tan pronto como hubo desaparecido. Y una vieja Cangreja aprovechó la oportunidad para decirle a su hija:

—¡Ay, querida, que esto te sirva de lección para no perder nunca la calma!

—¡Cierra la boca, mamá! —exclamó la joven Cangreja en tono áspero—. Eres capaz de acabar con la paciencia de una ostra.

—Me gustaría que estuviera aquí nuestra Dinah, de veras que me gustaría —dijo Alicia en voz alta sin dirigirse a nadie en particular—. ¡Pronto le habría hecho volver!

—¿Y quién es Dinah, si se me permite la pregunta? —dijo el Lory.

Alicia, siempre dispuesta a hablar de su favorita, contestó entusiasmada:

—¡Dinah es nuestra gata, y no podéis imaginaros lo bien que caza ratones! ¡Ah, cuánto me gustaría que la vieseis persiguiendo a los pájaros! ¡Se come un pajarito en un santiamén!

Estas palabras provocaron notable conmoción entre los presentes. Algunos pájaros huyeron en el acto; una vieja Urraca empezó a envolverse cuidadosamente en su plumaje, murmurando: «De veras, tengo que irme a casa; el aire de la noche no le sienta bien a mi garganta». Y un Canario llamó a sus crías con voz temblorosa: —Vamos, queridos, ya es hora de que estéis en la

---

8   Nuevo juego de palabras en inglés; el ratón dice: *I had not!* («Nada de eso») y Alicia capta una pronunciación parecida: *I had a knot* («Tenía un nudo»). (N. del T.)

cama—. Con diversos pretextos, todos se marcharon y no tardó Alicia en quedarse sola.

«¡Ojalá no hubiera hablado de Dinah! —se dijo para sus adentros en tono melancólico—. Aquí abajo no parece gustarle a nadie, aunque estoy segura de que es la mejor gata del mundo. ¡Ay, querida Dinah, me pregunto si volveré a verte más!». Y entonces la pobre Alicia se echó a llorar de nuevo porque se sintió muy sola y desanimada. Poco después, sin embargo, oyó otra vez un leve rumor de pasos a lo lejos, y alzó vivamente los ojos con la esperanza de que el Ratón hubiera cambiado de opinión y volviese para terminar su historia.

CAPÍTULO IV

EL CONEJO ENVÍA A UN PEQUEÑO BILL[9]

Era el Conejo Blanco, que volvía con lento trote y mirando ansiosamente a su alrededor mientras avanzaba, como si hubiera perdido algo; y Alicia lo oyó que murmuraba para sí: «¡La Duquesa! ¡La Duquesa! ¡Ay, mis pobres patitas! ¡Ay, mi piel y mis bigotes! ¡Me mandará ejecutar, tan cierto como que los hurones son hurones! Lo que me pregunto es ¿dónde *puedo* haberlos dejado caer?». Alicia adivinó inmediatamente que estaba buscando el abanico y los guantes blancos de cabritilla, y también se puso, con la mejor voluntad, a buscarlos a su alrededor; pero no los encontraba por ninguna parte..., todo parecía haber cambiado desde que cayera en la charca, y el gran vestíbulo, junto con la mesa de cristal y la puertecilla, se había evaporado completamente.

No tardó el Conejo en ver a Alicia, que seguía buscando de acá para allá, y le gritó en tono irritado: —¡Eh, Mary Ann! ¿Qué *estás* haciendo aquí afuera? ¡Corre a casa ahora mismo y tráeme un par de guantes y un abanico! ¡Hala, deprisa!— y Alicia se asustó tanto que echó a correr inmediatamente

---

9 En el título inglés de este capítulo, *The Rabbit sends in a little Bill,* hay un calambur cuya traducción directa puede significar: «El conejo hace intervenir a un pequeño personaje llamado Bill» o «a un tal Bill», y también «El conejo envía una pequeña factura». (N. del T.)

en la dirección que le señalaba, sin intentar siquiera explicarle que se había equivocado.

«Me ha tomado por su criada —se dijo mientras corría—. ¡Qué sorpresa se va a llevar cuando descubra quién soy! Pero será mejor que le lleve su abanico y sus guantes, si es que los encuentro.» Mientras se decía esto, llegó ante una linda casita en cuya puerta había una brillante placa de metal con el nombre «W. CONEJO» grabado encima. Entró sin llamar y corrió escaleras arriba con miedo a toparse con la auténtica Mary Ann, y a que la echaran de la casa antes de haber encontrado el abanico y los guantes.

«¡Qué raro resulta —se dijo Alicia— estar haciendo recados para un conejo! ¡Supongo que, después de esto, Dinah no tardará mucho en mandarme que le haga los suyos!» Y empezó a imaginarse la clase de cosas que podrían ocurrir: «¡Señorita Alicia! ¡Venga aquí inmediatamente, y prepárese para el paseo!» «¡No tardo ni un minuto, señorita! Es que tengo que vigilar la ratonera hasta que Dinah vuelva y cuidar de que los ratones no salgan.» «¡Aunque no creo —continuó Alicia— que permitan a Dinah seguir viviendo en la casa si empieza a dar órdenes a la gente de esa manera!»

Mientras tanto, había encontrado el modo de llegar a una habitacioncita muy arreglada con una mesa delante de la ventana, y sobre ella (como esperaba) un abanico y dos o tres pares de minúsculos guantes blancos de cabritilla: tomó el abanico y un par de guantes, y estaba a punto de dejar la habitación cuando su mirada cayó sobre una botellita que había junto al espejo. Esta vez no había ninguna etiqueta con la palabra «BÉBEME», pero sin embargo la destapó y se la llevó a los labios. «Estoy segura de que pasará *algo* interesante —se dijo— si como o bebo cualquier cosa; así que ahora mismo voy a ver qué hace esta botella. ¡Espero que me haga crecer un montón otra vez, porque estoy bastante harta de ser una cosa tan pequeñita!»

Y eso fue lo que pasó, y mucho antes de lo que esperaba: cuando todavía no se había bebido la mitad de la botella, sintió que su cabeza daba contra el techo, y hubo de inclinarla para no romperse el cuello. Inmediatamente dejó la botella, diciéndose: «Ya es bastante... Espero no seguir creciendo... Tal como estoy, ya no puedo ni salir por la puerta... Ojalá no hubiera bebido tanto...».

¡Ay! Era demasiado tarde para desear eso. Siguió creciendo y creciendo, y muy pronto hubo de ponerse de rodillas en el suelo. Un instante después no había suficiente habitación siquiera para estar de rodillas, y probó a tumbarse con un codo contra la puerta y el otro brazo doblado alrededor de la cabeza. Pero seguía creciendo, y como último recurso sacó un brazo por la ventana, metió un pie por la chimenea, y se dijo: «Pase lo que pase, ahora ya no puedo hacer nada. ¿Qué será de mí?». Por suerte para Alicia, el mágico botellín había surtido todo su efecto, y ella dejó de crecer; aun así, su posición era muy incómoda y, como no parecía que hubiera la menor posibilidad de salir del cuarto, no es de extrañar que se sintiera muy desgraciada.

«Era mucho más agradable estar en casa —pensó la pobre Alicia—, allí no estaba una creciendo y menguando todo el día, ni recibiendo órdenes de ratones y conejos. Casi desearía no haberme metido por la madriguera..., y sin embargo..., sin embargo..., ya ves, ¡qué curioso es este tipo de vida! ¡Me pregunto qué *puede* haberme ocurrido! Cuando solía leer cuentos de hadas, imaginaba que estas cosas nunca ocurrían, y aquí estoy, metida en una. Deberían escribir un libro sobre mí, claro que deberían hacerlo. Cuando sea mayor, yo misma escribiré uno..., ¡pero si ya soy mayor! —añadió en tono lastimero—, al menos *aquí* no hay espacio para ser más grande.»

«Pero entonces —pensó Alicia—, ¿*nunca* me haré mayor de lo que soy ahora? En cierto sentido, sería un consuelo... no ser nunca una mujer mayor y vieja... pero entonces... ¡jo, tener que estar siempre aprendiendo lecciones! ¡Ay, *eso* sí que no me gustaría!»

«Qué tonta eres, Alicia —se contestó—. ¿Cómo vas a poder estudiar aquí lecciones? Si apenas hay sitio para ti y no queda espacio para los libros.»

Y así continuó, diciéndose primero las preguntas y luego las respuestas, y manteniendo de este modo una verdadera conversación; pero al cabo de unos minutos oyó una voz de fuera, y se detuvo para escuchar.

—¡Mary Ann, Mary Ann! —decía la voz—. ¡Tráeme los guantes ahora mismo!— Luego llegó un leve rumor de pasos en la escalera. Alicia supo que era el Conejo que venía en su busca y se echó a temblar de tal modo que hacía estremecerse toda la casa, porque se le había olvidado por completo

que ahora era mil veces mayor que el Conejo y que no había razón para tenerle miedo.

No tardó el Conejo en llegar a la puerta y en tratar de abrirla; pero como la puerta se abría hacia dentro, y el codo de Alicia estaba puesto con fuerza contra la puerta, la tentativa resultó un fracaso. Alicia le oyó decirse a sí mismo: «¡Entonces daré la vuelta y entraré por la ventana!».

«*Eso* sí que no!» —pensó Alicia y, tras esperar hasta que le pareció oír al Conejo justo debajo de la ventana, sacó repentinamente la mano y dio un manotazo en el aire como si quisiera atrapar algo. No atrapó nada, pero oyó un breve chillido y una caída y un estrépito de cristales rotos, de lo que dedujo que muy posiblemente el Conejo se había caído en un semillero de pepinos o algo parecido.

Inmediatamente llegó una voz irritada, la del Conejo: —¡Pat, Pat! ¿Dónde estás?—. Y luego una voz que Alicia nunca había oído hasta entonces: —¡Aquí!, ¿dónde voy a estar? Cavando en busca de manzanas, señoría.

—¡Cavando en busca de manzanas, por supuesto! —dijo el Conejo furioso—. ¡Ven, ven aquí y ayúdame a salir de *esto*! (Ruido de más cristales rotos.)

—Ahora dime, Pat, ¿qué es lo que hay en la ventana?

—Pues un brazo, señoría. (Él pronunció «braso».)

—¡Brazo, pedazo de ganso! ¿Quién ha visto nunca un brazo de ese tamaño? ¡Si ocupa toda la ventana!

—Cierto que ocupa toda la ventana, señoría, pero a pesar de todo es un brazo.

—Bueno, sea lo que sea, ahí no pinta nada; vete y quítalo.

Luego hubo un largo silencio, y Alicia solo pudo oír de vez en cuando cuchicheos como: «Señoría, de veras, esto no me gusta nada, nada de nada». «¡Haz lo que te digo, cobarde!» Y finalmente ella sacó otra vez el brazo, y dio otro manotazo como para atrapar algo en el aire. Esta vez se oyeron *dos* leves chillidos, y más ruidos de cristales rotos. «¡Cuántos semilleros de pepinos debe de haber! —pensó Alicia—. Me pregunto qué harán ahora. En cuanto a quitarme de la ventana, solo deseo que lo *consigan*. Estoy segura de que no me divierte quedarme aquí más tiempo.»

Permaneció atenta durante un rato sin oír nada; por fin le llegó el ruido de unas ruedecillas de carrito, y el sonido de muchas voces hablando todas al mismo tiempo. Pudo distinguir estas palabras: «¿Dónde está la otra escalera?». «Pero si yo solo tenía que traer una; la otra la tiene Bill... Bill, ¡tráela a aquí, muchacho!...» «¡Aquí, apoyadlas contra ese rincón!»... «No, primero hay que atarlas..., así no llegarían ni a la mitad...» «¡Bah!, será suficiente, no seas pesado...» «¡Aquí, Bill, agárrate a esa cuerda!...» «¿Aguantará el tejado? ¡Cuidado con esa teja suelta!...» «Eh, que se va a caer. ¡A tierra!» (Un fuerte estrépito.)... «Bueno, ¿quién ha sido?...» «Creo que ha sido Bill...» «¿Quién va a bajar por la chimenea?...» «Yo, para nada..., tú...» «Ni hablar, yo tampoco... Que baje Bill...» «¡Bill, ven aquí! ¡El amo dice que tienes que bajar por la chimenea!»

«¡Vaya! ¿O sea que es Bill el que tiene que bajar por la chimenea? —se dijo Alicia—. ¡Parece que a Bill lo cargan con todo! No me gustaría estar en su lugar por nada del mundo; esta chimenea es estrecha, seguro, pero *creo* que podré dar un puntapié.»

Bajó todo lo que pudo su pie dentro del hogar de la chimenea y esperó hasta oír a un animal pequeño (no podía adivinar de qué clase era) arañar y rozar la chimenea por dentro, muy cerca de ella; entonces, diciéndose: «Este es Bill», largó un fuerte puntapié y esperó a ver qué pasaba.

Lo primero que oyó fue un coro general: «¡Ahí va Bill!». Luego, la voz del Conejo sola: «¡Agarradlo los que estáis en el seto!». Después silencio, y luego otra confusión de voces: «¡Sostenedle la cabeza!... Ahora un trago... No lo ahoguéis... ¿Qué tal, viejo? ¿Qué te ha pasado? ¡Cuéntanoslo todo!».

Por fin se oyó una vocecita débil y chillona: («Ese es Bill» —pensó Alicia). —Bueno, casi no lo sé..., no quiero más, gracias; ya estoy mejor..., pero me encuentro demasiado aturdido para contaros..., solo sé que algo parecido a una caja de resorte me ha dado un golpe, y he salido por los aires como un cohete...

—Así ha sido, viejo —dijeron los demás.

—Tenemos que prenderle fuego a la casa —dijo la voz del Conejo; y Alicia gritó a más no poder: «Si lo hacéis, os echaré a Dinah».

Inmediatamente se hizo un silencio de muerte, y Alicia pensó para sus adentros: «¡Me pregunto qué *harán* ahora! Si tuvieran sentido común, quitarían el tejado». Uno o dos minutos más tarde empezaron a moverse de nuevo, y Alicia oyó gritar al Conejo: —Para empezar, con una carretada tendremos bastante.

«Una carretada... ¿de *qué*?» —pensó Alicia; pero no estuvo mucho tiempo en la duda, porque un instante después una granizada de piedrecillas repicó contra la ventana, y algunas le dieron en la cara. «Tengo que acabar con esto» —se dijo, y gritó hacia el exterior—: Será mejor que no volváis a hacerlo—, y entonces se produjo otro silencio de muerte.

Alicia notó, con cierta sorpresa, que las piedras se convertían en pastelillos cuando llegaban al suelo, y en su cabeza nació una idea luminosa: «Si como uno de estos pastelillos —pensó—, seguro que me hará cambiar *algo* de tamaño; y como ya es imposible que siga creciendo, supongo que me hará menguar.»

Así que se tragó uno de los pastelillos y quedó encantada al ver que empezaba a disminuir inmediatamente. Tan pronto como fue lo bastante pequeña para pasar por la puerta, salió corriendo de la casa y se encontró con una multitud de pequeños animales y pájaros esperándola fuera. La pobre lagartija, Bill, estaba en medio, sostenido por dos conejillos de Indias que le daban de beber de una botella. Todos se abalanzaron hacia ella cuando apareció; pero Alicia echó a correr a toda velocidad y no tardó en hallarse a salvo en un espeso bosque.

«Lo primero que debo hacer —se dijo Alicia mientras vagaba por el bosque— es crecer hasta recuperar mi tamaño normal; y lo segundo hallar la manera de entrar en ese bonito jardín. Creo que es el mejor plan.»

Parecía desde luego un plan excelente, y a la vez claro y sencillo; la única dificultad estaba en que no tenía ni la menor idea de cómo ponerlo en práctica; y mientras miraba llena de ansiedad entre los árboles, un pequeño ladrido que sonó justo encima de su cabeza le hizo levantar los ojos.

Un enorme cachorro estaba mirándola con sus grandes ojos redondos y, alargando tímidamente una pata, trataba de tocarla: «¡Ay, pobrecito!» —dijo Alicia en tono zalamero, y trató de silbarle con todas sus fuerzas; pero seguía dándole un miedo terrible la idea de que podía estar hambriento, en cuyo caso lo más probable es que se la comiese, a pesar de toda su zalamería.

Casi sin darse cuenta recogió una ramita y se la tendió al cachorro; entonces el perrito dio un brinco con las cuatro patas al aire, con un gañido de alegría, y se abalanzó hacia el palito como si fuera a destrozarlo; entonces Alicia se escabulló detrás de un gran cardo para evitar que la tirase al suelo; y en el instante en que se asomó por el otro lado, el cachorrillo se abalanzó otra vez contra el palito, cayendo patas arriba en su prisa por atraparlo; pensando entonces que era como jugar con un caballo percherón, y temiendo quedar aplastada bajo sus patas en cualquier momento, Alicia dio la vuelta otra vez al cardo; el cachorro inició entonces una serie de breves acometidas contra el palito, corriendo un poco hacia delante y un mucho hacia atrás, ladrando mientras tanto roncamente, hasta que por fin se sentó a cierta distancia jadeante, con la lengua fuera de la boca y los grandes ojos medio cerrados.

Alicia creyó entonces que era el momento adecuado para escapar; salió inmediatamente y echó a correr hasta quedar exhausta y sin aliento, y hasta que los ladridos del perro sonaron débiles a lo lejos.

«¡Y sin embargo, era un perrito monísimo! —dijo Alicia mientras se apoyaba contra un ranúnculo para descansar y se abanicaba con una de las hojas—. ¡Cuánto me habría gustado enseñarle trucos, de haber tenido el tamaño apropiado para hacerlo! ¡Ay, casi me olvido de que tengo que seguir creciendo! ¿Cómo voy a arreglármelas? Supongo que debería comer o beber; pero la gran cuestión es: ¿qué?»

Esa era desde luego la gran cuestión: ¿qué? Alicia vio a su alrededor flores y briznas de hierba, pero nada que le pareciese bueno para comer o beber en aquellas circunstancias. Había una enorme seta que crecía a su lado, casi de su mismo tamaño; y después de mirar debajo, a los lados y por detrás, se le ocurrió que bien podía mirar y ver qué había encima de la seta.

Se puso de puntillas y atisbó por encima del borde de la seta; sus ojos toparon inmediatamente con los de una gran Oruga azul que, sentada en lo alto con los brazos cruzados, fumaba tranquilamente un largo narguile, sin prestar la menor atención ni a ella ni a cualquier otra cosa.

CAPÍTULO V

EL CONSEJO DE UNA ORUGA

Alicia y la Oruga se contemplaron mutuamente durante un rato en silencio; por fin la Oruga retiró el narguile de la boca y se dirigió a ella con voz lánguida y soñolienta.

—¿Quién eres *tú*? —dijo la Oruga.

No era este un principio alentador para una conversación. Alicia contestó con cierta reserva: —Yo..., yo..., ahora no sé muy bien, señor..., pero sí sé quién *era* cuando me levanté esta mañana; me parece que he debido cambiar varias veces desde entonces.

—¿Qué quieres decir? —dijo la Oruga en tono severo—. ¡Explícate![10]

—Me temo, señor, que no puedo explicarme *a mí misma* —dijo Alicia—, porque yo ya no soy yo, como podrá ver.

—No, yo no veo nada —dijo la Oruga.

—Mucho me temo que no puedo explicárselo con mayor claridad— respondió Alicia muy cortés—, porque, para empezar, ni yo lo entiendo; y cambiar tantas veces de tamaño en un solo día es muy desconcertante.

---

10 En inglés *explain yourself* tiene dos posibles sentidos: «explícate» y también «explícate tú a ti misma». De ahí la respuesta de Alicia: *I can't explain myself, I'm afraid, sir, because I'm not myself, you see* («Me temo, señor, que no puedo explicarme a mí misma, porque ya ve usted que no soy yo misma»). (N. del T.)

—No lo es —dijo la Oruga.

—Bueno, tal vez a usted no se lo haya parecido hasta ahora —dijo Alicia—, pero cuando tenga que volverse crisálida..., y eso le pasará algún día, ¿sabe?..., y luego mariposa, seguro que le parecerá un poco raro.

—Pues no —dijo la Oruga.

—Bueno, quizá *sus* sentimientos sean diferentes —dijo Alicia—; yo solo sé que para *mí* sería muy raro.

—¡Para ti! —dijo la Oruga desdeñosamente—. Y ¿quién eres *tú*?

Esto los devolvía al principio de la conversación. A Alicia la irritaba un poco oír a la Oruga responder con unas observaciones *tan* cortantes y, estirándose cuanto pudo, dijo muy seria:

—Me parece que es *usted* quien primero debería decirme quién es.

—¿Por qué? —dijo la Oruga.

Era otra pregunta que la ponía en apuros; y como no se le ocurrió ninguna buena razón, y la Oruga parecía estar de un humor *muy* desagradable, le dio la espalda para irse.

—¡Vuelve aquí! —le gritó la Oruga—. ¡Tengo algo importante que decirte!

Aquello sonó más prometedor. Alicia dio media vuelta y regresó.

—Domina tu mal genio —dijo la Oruga.

—¿Eso es todo? —respondió, disimulando su rabia lo mejor que pudo.

—No —dijo la Oruga.

Alicia pensó que, como no tenía nada mejor que hacer, podía esperar; quizá, después de todo, le dijera algo que valiese la pena escuchar. Durante unos momentos la Oruga soltó bocanadas de humo sin decir nada, pero terminó por descruzar los brazos, se quitó otra vez la boquilla de la boca y dijo:

—¿Así que crees que has cambiado?.

—Eso me temo, señor —dijo Alicia—; no puedo recordar las cosas como antes... y no conservo el mismo tamaño ni diez minutos seguidos.

—¿*Qué* cosas no puedes recordar? —le preguntó la Oruga.

—Pues he intentado recitar Ved a la laboriosa abeja..., pero me salió completamente distinto —contestó Alicia en tono muy melancólico.

—Recita Viejo está usted, padre Guillermo —dijo la Oruga.

Alicia juntó las manos y empezó:

Viejo está, padre Guillermo —dijo el joven—,
y tiene el pelo ya muy cano.
Aunque siempre anda cabeza abajo...
¿le parece a su edad eso sensato?

Cuando era joven —contestó este al hijo—,
tuve miedo de dañarme el seso;
y ahora, seguro de no tenerlo,
¿por qué no andar así si es lo que quiero?

Viejo está usted —como ya dije antes—,
y se ha vuelto horriblemente gordo;
sin embargo, ¿puede explicarme cómo
de una voltereta el umbral atraviesa?

Cuando era joven —replicó el anciano
sacudiendo sus canas—, todos los miembros
hice más ágiles usando este ungüento.
A un chelín la caja, ¿quiere comprarme dos?

Viejo está usted, y sus dientes no mascan
nada que no sea manteca rancia
¿cómo entonces se comió usted con hueso,
pico y patas, toda entera la gansa?

Cuando era joven aprendí las leyes
y con mi esposa discutí los casos;
las fuerzas que así ganaron mis encías
el resto de mi vida me han durado.

Viejo está usted y nadie supondría
la agudeza de sus pícaros ojos.
¿Cómo puede hacer equilibrios así
con una anguila en la nariz?

A tres preguntas ya te respondí.
¡Basta —dijo el padre—, menos humos!
Tus sandeces y bobadas ya me hartan.
Si no te marchas... ¡Largo de aquí!

—No lo has dicho bien —aseguró la Oruga.

—Me temo que no está *del todo* bien —dijo Alicia tímidamente—; algunas palabras han salido cambiadas.

—Está mal de cabo a rabo —dijo decidida la Oruga, y se produjo un silencio de varios minutos.

Fue la Oruga la primera en hablar:

—¿Qué tamaño te gustaría tener? —preguntó.

—Bueno, no soy muy exigente en eso del tamaño —replicó enseguida Alicia—; solo que no me gusta andar cambiando tan a menudo, ¿sabe usted?

—*Yo no* sé —contestó la Oruga.

Alicia no dijo nada; nunca en su vida le habían llevado la contraria y sintió que empezaba a perder la calma.

—¿Ahora estás contenta? —inquirió la Oruga.

—Bueno, me gustaría ser *un poco* más alta, señor, si a usted no le importa, porque tener tres pulgadas me hace sentirme tan desgraciada...

—Pues a mí me parece que es una altura muy buena —dijo la furiosa Oruga, estirándose cuanto pudo mientras hablaba (medía exactamente tres pulgadas de alto).

—¡Pero es que yo no estoy acostumbrada! —alegó la pobre Alicia en tono lastimero. Y pensó para sus adentros: «¡Ojalá no se ofendiesen con tanta facilidad todos los bichos...!».

—Ya te acostumbrarás con el tiempo —dijo la Oruga, y llevándose el narguile a la boca, se puso a fumar otra vez.

En esta ocasión, Alicia esperó pacientemente a que aquel ser volviese a hablar. Un minuto o dos más tarde, la Oruga se quitó el narguile de la boca, bostezó una o dos veces y se desperezó. Luego se bajó de la seta y se adentró en la hierba, limitándose a decir mientras caminaba: —Un lado te hará crecer y el otro lado te hará menguar.

«¿Un lado de *qué*? ¿El otro lado de *qué*?» —pensó Alicia.

—De la seta —dijo la Oruga, como si le hubieran hecho la pregunta en voz alta; y un momento después había desaparecido de la vista.

Alicia se quedó pensativa, contemplando la seta durante un minuto, tratando de distinguir cuáles eran sus dos lados y, como era completamente redonda, le resultó una cuestión dificilísima. Sin embargo, terminó por extender los brazos alrededor de la seta cuanto pudo, y rompió con cada mano un trocito del borde.

«Y ahora, ¿cuál es cuál?» —se dijo a sí misma, y mordisqueó un poco del trozo de la mano derecha para probar el efecto. Inmediatamente sintió un violento golpe en la parte inferior de la barbilla: ¡había chocado con sus pies!

Se llevó un buen susto con aquel cambio repentino, pero comprendió que no había tiempo que perder porque estaba menguando a toda velocidad; así que se puso a comer en el acto del otro trozo. Su barbilla estaba tan apretada contra sus pies que apenas había espacio para abrir la boca; pero al final lo consiguió y se las arregló para tragar un mordisco del trozo de la mano izquierda.

✳✳✳

«¡Vaya, por fin tengo libre la cabeza!» —dijo Alicia en tono de satisfacción, que se convirtió en alarma un momento después, cuando se encontró con que sus hombros estaban donde no podía encontrarlos: al mirar hacia abajo, todo lo que podía ver era un cuello inmensamente largo que parecía surgir como un tallo de un mar de hojas verdes que se extendía a lo lejos, por debajo de ella.

«¿Qué podrán ser todas esas cosas verdes? —dijo Alicia—. ¿Y adónde se *han* ido mis hombros? ¡Ay, pobres manos mías! ¿Cómo es que no puedo veros?» Las movía mientras hablaba, pero no parecía obtener más resultado que un ligero temblor entre las distantes hojas verdes.

Como parecía que no había ninguna posibilidad de llevarse las manos a la cabeza, intentó bajar la cabeza a las manos, comprobando con gran alegría que su cuello podía girar fácilmente en todas las direcciones, como una serpiente. Acababa de conseguir curvarlo hacia abajo con un gracioso zigzag, y estaba a punto de meterlo entre las hojas, que resultaron no ser otra cosa que las copas de los árboles bajo los que había estado deambulando, cuando un agudo silbido la hizo echarse hacia atrás a toda prisa: una gran paloma se había lanzado contra su cara y la golpeaba violentamente con sus alas.

—¡Víbora! —chilló la Paloma.

—*No* soy una víbora —dijo Alicia indignada—. ¡Déjame en paz!

—Víbora, por segunda vez —repitió la Paloma, aunque en tono menos decidido, y añadió con una especie de sollozo—: He probado todos los medios, y ninguno parece que sirva con ellas.

—No tengo la menor idea de qué me estás hablando —dijo Alicia.

—He probado en las raíces de los árboles, he probado en las orillas de los ríos, he probado en los setos —prosiguió la Paloma sin hacerle caso—. Pero a esas víboras ¡no hay medio de tenerlas contentas!

Alicia estaba cada vez más desconcertada, pero pensó que de nada serviría hablar antes de que la Paloma hubiese terminado.

—¡Como si no fuera ya bastante lata empollar huevos! —dijo la Paloma—. ¡Encima hay que estar vigilando a las víboras noche y día! ¡No he podido pegar ojo en las tres últimas semanas!

—Siento mucho que tenga usted tantas molestias —dijo Alicia, que estaba empezando a comprender.

—Y justo cuando consigo el árbol más alto del bosque —continuó la Paloma, alzando la voz hasta el chillido—, justo cuando ya pensaba que, por fin, me había librado de ellas, tienen que bajar culebreando desde el cielo. ¡Asco de víboras!

—Pero si *no soy* una víbora —dijo Alicia—. Yo soy una..., soy una...

—Bueno, ¿*qué* eres tú? —dijo la Paloma—. Puedo darme cuenta de que estás intentando inventar algo.

—Yo..., yo soy una niñita —dijo Alicia con muchas dudas, recordando el número de cambios por los que había pasado ese día.

—¡Vaya historia! —dijo la Paloma en el tono del más profundo desprecio—. En toda mi vida he visto muchas niñitas, pero *ninguna* con un cuello como ese. ¡No, no! Eres una víbora, y es inútil que lo niegues. Supongo que ahora vas a decirme que nunca has probado un huevo.

—Sí, huevos sí *he* probado —dijo Alicia, que era una niña muy sincera—; pero es que las niñas comen huevos lo mismo que las víboras.

—No lo creo —dijo la Paloma—, pero si así fuera... entonces son una clase de víboras; es todo lo que tengo que decir.

Era esta una idea tan nueva para Alicia que se quedó sin habla durante un minuto o dos, que dieron a la Paloma la oportunidad de añadir: —Estás buscando los huevos, *lo sé* de sobra; y siendo así, ¿a mí qué más me da que seas una niñita o una víbora?

—Pues *a mi sí* me da, y mucho —contestó Alicia rápidamente—; y resulta que no estoy buscando huevos, y si los estuviera buscando, no serían los *de usted:* no me gustan crudos.

—Bien, entonces lárgate —dijo la Paloma en tono de mal humor mientras volvía a instalarse en su nido. Alicia se agachó entre los árboles como pudo, porque el cuello se le enredaba continuamente entre las ramas y a cada momento tenía que pararse para desenredarlo.

Al cabo de un rato recordó que todavía sostenía los trozos de seta en las manos, y se puso a la faena con mucho cuidado, mordisqueando primero el uno y luego el otro, creciendo unas veces y menguando otras, hasta que logró recuperar su estatura habitual.

Hacía tanto tiempo que no se había acercado a su tamaño normal que, al principio, se sintió algo extraña; pero al cabo de unos minutos se habituó y empezó a hablar consigo misma como de costumbre: «Bueno, ya se ha cumplido la mitad de mi plan. ¡Qué desconcertantes son todos estos cambios! ¡No estar nunca segura de lo que vas a ser dentro de un momento! De todos modos, he recuperado mi tamaño normal; ahora lo siguiente es entrar en ese hermoso jardín…; me pregunto cómo puedo conseguirlo». Mientras decía esto llegó de improviso a un claro en el que había una casita de unos cuatro pies de altura. «Quienquiera que viva ahí —pensó Alicia—, no puedo presentarme con *este* tamaño: se morirían del susto.» Así que empezó a mordisquear de nuevo el trozo de la mano derecha, y solo se aventuró a acercarse a la casa cuando vio reducida su estatura a nueve pulgadas.

CAPÍTULO VI

CERDO Y PIMIENTA

Durante uno o dos minutos se quedó contemplando la casa, se preguntaba qué iba a hacer cuando de pronto salió corriendo del bosque un lacayo de librea... (supuso que era un lacayo porque iba de librea: de otro modo, si lo hubiera juzgado por la cara, lo habría tomado más bien por un pez), y golpeó enérgicamente la puerta con los nudillos. Le abrió otro lacayo de librea, de cara redonda y grandes ojos de sapo; y Alicia observó que los dos lacayos llevaban pelucas empolvadas y rizadas. Sintió gran curiosidad por saber qué era lo que ocurría y salió un poco del bosque para escuchar.

El Lacayo-Pez empezó sacando de debajo de su brazo una gran carta, casi tan grande como él mismo, y se la tendió al otro diciéndole en tono solemne: —Para la Duquesa. Una invitación de la Reina para jugar al croquet—. El Lacayo-Sapo repitió en el mismo tono solemne, pero cambiando un poco el orden de las palabras: —De la Reina. Una invitación para la Duquesa para jugar al croquet.

Luego, ambos se hicieron una profunda reverencia y los rizos se les enredaron.

Alicia se rio tanto con esto que tuvo que meterse corriendo en el bosque por miedo a que la oyeran; y cuando volvió a asomarse, el Lacayo-Pez se había ido, y el otro estaba sentado en el suelo cerca de la puerta, mirando estúpidamente al cielo.

Alicia se acercó llena de timidez a la puerta y llamó:

—Es del todo inútil llamar —dijo el lacayo—, y ello por dos razones: primera, porque yo estoy del mismo lado de la puerta que tú; segunda, porque dentro están armando tanta bulla que nadie podría oírte—. Y, realmente, dentro estaban armando un jaleo extraordinario: aullidos y estornudos constantes, acompañados de vez en cuando por un gran estrépito, como si un plato o una olla se hicieran añicos.

—Por favor —dijo Alicia—, dígame entonces cómo puedo entrar.

—Llamar a la puerta podría tener algún sentido —continuó el lacayo, sin hacerle caso— si la puerta estuviese entre nosotros dos. Por ejemplo, si tú estuvieras *dentro,* podrías llamar, y entonces yo podría dejarte salir, ¿entiendes?

No dejaba de mirar al cielo mientras hablaba, cosa que a Alicia le pareció de muy mala educación. «Pero quizá no pueda evitarlo —se dijo para sus adentros—; tiene los ojos tan cerca de la coronilla. De cualquier modo, podría contestar a las preguntas.»

—¿Cómo puedo entrar? —repitió en voz alta.

—Yo estaré sentado aquí hasta mañana —comentó el lacayo.

En ese momento se abrió la puerta de la casa y del interior salió volando un gran plato que iba derecho a la cabeza del lacayo; no hizo más que pasar rozándole la nariz e ir a romperse en mil pedazos contra uno de los árboles que había a sus espaldas.

—… o quizá hasta pasado mañana —prosiguió el lacayo en el mismo tono, como si no hubiera pasado nada.

—¿Cómo puedo entrar? —volvió a preguntar Alicia en tono más alto.

—¿*Tienes* que entrar necesariamente? —dijo el lacayo—. Esa es la primera cuestión, ¿sabes?

Lo era, sin duda; solo que a Alicia no le gustó que se lo dijeran. «Realmente es espantosa —murmuró para sus adentros— la manera que tienen de discutir todos estos bichos. ¡Es como para volver loco a cualquiera!»

El lacayo pareció pensar que aquella era una ocasión magnífica para repetir su comentario con variaciones:

—Estaré sentado aquí unas veces sí y otras no, días y días.

—Pero *yo, ¿*qué debo hacer? —dijo Alicia.

—Lo que se te antoje —dijo el lacayo, y se puso a silbar.

—Es inútil hablar con él —dijo Alicia desesperada—; ¡es completamente idiota! —Y abrió la puerta y entró.

La puerta daba directamente a una amplia cocina que estaba toda llena de humo: la Duquesa se hallaba sentada en el centro, en un taburete de tres patas, acunando a un niño; la cocinera se inclinaba sobre el fuego, removiendo un gran caldero que parecía estar lleno de sopa.

«La verdad es que hay demasiada pimienta en esa sopa», se dijo Alicia lo mejor que le permitieron los estornudos.

Había demasiada pimienta, desde luego, en el aire. Hasta la Duquesa estornudaba de vez en cuando; y por lo que se refiere al niño, estornudaba y chillaba alternativamente sin parar. Las únicas criaturas que *no* estornudaban en la cocina eran la cocinera y un enorme gato que estaba tumbado al lado del hogar y que sonreía de oreja a oreja.

—¿Podría decirme —preguntó Alicia con cierta timidez, porque no estaba muy segura de que fuera de buena educación que ella hablase la primera— por qué sonríe así su gato?

—Es un gato de Cheshire —dijo la Duquesa—, y es por eso. ¡Cerdo!

Dijo esta última palabra con una violencia tan repentina que Alicia pegó un brinco; pero no tardó en darse cuenta de que se lo había dicho al niño, y no a ella; así que, recobrando el ánimo, prosiguió:

—No sabía que los gatos de Cheshire estuvieran siempre sonriendo; en realidad, no sabía que los gatos *pudieran* sonreír.

—Pueden todos —dijo la Duquesa—, y la mayoría lo hace.

—Yo no sé de ninguno que lo haga —dijo Alicia con mucha cortesía y satisfecha de haber podido entablar conversación.

—No es mucho lo que sabes —dijo la Duquesa—, eso es lo que parece, de veras.

A Alicia no le gustó nada el tono de este comentario, y pensó que lo mejor sería iniciar algún otro tema de charla. Mientras trataba de encontrar uno, la cocinera apartó el caldero de sopa del fuego e inmediatamente se

dedicó a tirar todo lo que encontraba a su alcance contra la Duquesa y el niño: lo primero fueron las tenazas y el atizador, luego siguió un chaparrón de cazos, cacerolas y platos. La Duquesa no pareció darse cuenta, aunque algunos la alcanzaron; y el niño chillaba con tanta fuerza, ya desde antes, que era completamente imposible decir si los golpes le hacían daño o no.

—*Por favor*, tenga cuidado con lo que hace —gritó Alicia, saltando de un lado para otro, medio muerta de miedo—. ¡Ay!, cuidado con su *preciosa* nariz —porque un cazo de dimensiones extraordinarias rozó la nariz del niño y a punto estuvo de arrancársela.

—Si cada cual se metiera en sus propios asuntos —dijo la Duquesa con un gruñido ronco—, el mundo giraría bastante más deprisa de lo que lo hace.

—*No* sería desde luego ninguna ventaja —dijo Alicia, muy contenta de tener ocasión de mostrar algunos de sus conocimientos—. ¡Vaya lío que se armaría con los días y las noches! Ya sabe que la Tierra tarda 24 horas en dar una vuelta alrededor de su eje.

—Hablando de hachas[11] —dijo la Duquesa—, que le corten la cabeza.

Alicia miró con bastante ansiedad a la cocinera, para ver si tenía intención de cumplir la orden; pero la cocinera estaba muy ocupada removiendo la sopa y no pareció hacer caso, por lo que continuó: «*Creo* que son 24, ¿o son 12? Yo...

—A *mí* no me vengas con cuentas —dijo la Duquesa—. Nunca he podido soportar los números —y empezó a mecer de nuevo al niño, cantándole mientras una especie de canción de cuna y propinándole una violenta sacudida al final de cada verso.

> Riñe fuerte a tu pequeño,
> dale fuerte si estornuda;
> él por molestar lo hace,
> porque sabe que importuna.

CORO

(Al que se unían la cocinera y el niño.)
¡Huy! ¡Huy! ¡Huy!

---

11 Carroll juega con *axis* (eje) y *axes* (hachas), de pronunciación homofónica en inglés, permitiendo el equívoco de la duquesa. (N. del T.)

Mientras la Duquesa cantaba la segunda estrofa de la canción, zarandeaba al niño violentamente arriba y abajo, y la pobre criaturita aullaba de tal forma que Alicia a duras penas lograba oír las palabras:

> Riño fuerte a mi pequeño,
> fuerte le doy si estornuda,
> porque soporta valiente
> la pimienta que importuna.

CORO

¡Huy! ¡Huy! ¡Huy!

—Ven, puedes acunarlo un poco si quieres —le dijo la Duquesa a Alicia, lanzándole el niño por los aires mientras hablaba—. Tengo que ir a prepararme para jugar al croquet con la Reina —y salió a toda prisa de la habitación. Cuando salía, la cocinera le tiró una sartén, pero falló por muy poco.

Alicia agarró al niño, no sin apuros, porque la criatura tenía una forma bastante extraña y sacaba los brazos y las piernas en todas las direcciones, «igual que una estrella de mar», pensó Alicia. La pobre criaturita jadeaba como una máquina de vapor cuando la tomó en brazos, y se doblaba y retorcía una y otra vez de tal modo que, durante uno o dos minutos, se las vio y deseó para sostenerlo.

Tan pronto como encontró el modo adecuado de acunarlo (tenía que plegarlo en una especie de nudo, y luego sujetarlo con fuerza por la oreja derecha y el pie izquierdo para impedir que se deshiciera el nudo), salió con él fuera: «Si no me llevo a este niño conmigo —pensó Alicia—, seguro que lo matan en un día o dos: ¿no sería un crimen dejarlo ahí dentro?». Pronunció estas últimas palabras en voz alta, y la criatura respondió con un gruñido (para entonces ya había dejado de estornudar). —No gruñas —le dijo Alicia—, esa no es la mejor manera de expresarte.

El niño gruñó de nuevo, y Alicia miró llena de ansiedad su cara para ver si le ocurría algo. No había duda de que tenía una nariz *muy* respingona, mucho más parecida a un hocico que a una verdadera nariz; además, sus ojos eran pequeñísimos para un niño; total, que a Alicia no le gustó el aspecto de aquella criatura. «Quizá sea solo que estaba llorando», pensó, mirándole otra vez los ojos para ver si había en ellos lágrimas.

No, no había lágrimas. —Si es que estás volviéndote un cerdo, querido —dijo Alicia muy seria—, te advierto que no quiero saber nada de ti. ¡Así que cuidadito!— La pobre criaturita soltó un quejido (o un gruñido, era imposible definirlo) y siguieron un rato en silencio.

Precisamente Alicia no había hecho más que empezar a preguntarse: «Y ahora, ¿qué voy a hacer con esta criatura si la llevo a casa?», cuando él se puso a gruñir de nuevo con tal violencia que le miró la cara muy asustada. Esta vez no podía haber *ningún* error: ¡no era ni más ni menos que un cerdo! Y entonces comprendió que sería completamente absurdo seguir llevándolo en brazos por más tiempo.

Así pues, dejó a la criaturita en el suelo, y se sintió aliviada viéndolo trotar tranquilamente hacia el bosque. «Si hubiera crecido —se dijo—, habría sido un chico terriblemente feo; pero como cerdo, creo que será un cerdo precioso.» Y se puso a pensar en otros niños que conocía y que podrían estar muy bien como cerdos; justo cuando estaba diciéndose «¡ojalá supiera cómo transformarlos...», se asustó un poco al ver al Gato de Cheshire en la rama de un árbol, a unos pocos pasos.

El Gato se limitó a sonreír cuando vio a Alicia. «Parecía de buen carácter», pensó ella. Pero tenía unas uñas muy largas y muchísimos dientes, por lo que decidió que lo mejor sería tratarle con respeto.

—Minino de Cheshire —empezó a decir en tono tímido, porque no estaba del todo segura de que ese nombre le gustara; sin embargo, el gato amplió más su sonrisa: «Bueno, parece que le está gustando —pensó Alicia, y prosiguió—: ¿Podrías decirme, por favor, qué camino debo tomar desde aquí?».

—Eso depende en gran medida de adónde quieras llegar —dijo el Gato.

—No me preocupa mucho adónde... —dijo Alicia.

—En ese caso, poco importa el camino que tomes —dijo el Gato.

—... con tal de que llegue *a alguna parte* —añadió Alicia a modo de explicación.

—Oh, de llegar a alguna parte puedes estar segura —dijo el Gato—, siempre que camines mucho rato.

Alicia se dio cuenta de que no había nada que oponer a esta respuesta, de modo que probó con otra pregunta:

—¿Qué clase de gente vive por estos lugares?

—En *esa* dirección —dijo el Gato haciendo una vaga señal con su pata derecha— vive un Sombrerero; y en *aquella* —añadió, señalándola con la otra pata— vive una Liebre de Marzo. Puedes visitar al que quieras: los dos están locos[12].

—Pero si no quiero andar entre locos —observó Alicia.

—Me parece difícil que puedas evitarlo —dijo el Gato—; aquí todo el mundo está loco. Yo estoy loco. Tú estás loca.

—¿Cómo sabes que estoy loca? —preguntó Alicia.

—Debes de estarlo —dijo el Gato—, de otro modo no habrías venido.

Alicia pensó que eso no era prueba suficiente; sin embargo, prosiguió:

—¿Y cómo sabes que tú estás loco?

—Para empezar —dijo el Gato—, los perros no están locos, ¿estás de acuerdo?

—Supongo que no —dijo Alicia.

—Bien —prosiguió el Gato—, entonces verás que un perro gruñe cuando está furioso y mueve la cola cuando está contento. Y yo, por el contrario, gruño cuando estoy contento y muevo la cola cuando estoy furioso. Luego, estoy loco.

—*Yo* llamo a eso ronronear, no gruñir —dijo Alicia.

—Llámalo como te dé la gana —dijo el Gato—. ¿Vas a jugar hoy al croquet con la Reina?

—Me gustaría mucho —dijo Alicia—, pero todavía no me han invitado.

—Allí me verás —dijo el Gato, y desapareció.

No le sorprendió demasiado a Alicia, porque empezaba a acostumbrarse a que pasaran cosas raras. Mientras estaba mirando el lugar donde había estado el Gato, este volvió a aparecer de repente.

—Dicho sea de paso, ¿qué ha sido del niño? —inquirió el Gato—. Casi se me olvida preguntarlo.

---

12 Carroll utiliza dos expresiones inglesas populares de la época: *mad as a hatter* («loco como un sombrerero») y *mad as a march hare* («loco como una liebre de marzo», o «en marzo»). (N. del T.)

—Se convirtió en un lechón —respondió Alicia muy tranquila, como si la vuelta del Gato fuera completamente natural.

—Estaba seguro de que lo haría —dijo el Gato, y desapareció otra vez.

Alicia aguardó un poco, con la esperanza de volver a verlo, pero el Gato no reapareció y, al cabo de uno o dos minutos, echó a andar en la dirección en que, según le había dicho el Gato, vivía la Liebre de Marzo. «Ya conozco sombrereros —se dijo—; la Liebre de Marzo será mucho más interesante y, como estamos en mayo, quizá no esté loca furiosa... por lo menos no estará tan loca como en marzo.» Y cuando decía esto miró hacia arriba, y allí estaba otra vez el Gato sentado en la rama de un árbol.

—¿Dijiste lechón o pichón?[13] —preguntó el Gato.

—Dije lechón —contestó Alicia—; y me gustaría que no aparecieras y desaparecieras tan de golpe: ¡me mareas!

—De acuerdo —dijo el Gato, y en esta ocasión desapareció muy despacito, empezando por la punta de la cola y terminando por la sonrisa, que se quedó un rato después que el resto hubo desaparecido.

«Bueno, he visto muchas veces un gato sin sonrisa —pensó Alicia—. ¡Pero una sonrisa sin gato!... Es la cosa más curiosa que he visto en mi vida.»

No tuvo que andar mucho para llegar frente a la casa de la Liebre de Marzo; pensó que aquella debía de ser la casa, porque las chimeneas tenían forma de orejas y el tejado estaba forrado de piel. Era una casa tan grande que decidió no seguir acercándose sin haber mordisqueado antes un poco del trocito de seta de su mano izquierda y haber alcanzado una altura de dos pies aproximadamente; de cualquier modo, se dirigió hacia la casa con bastante timidez, diciéndose: «¿Y si a pesar de todo estuviese loca furiosa? Casi habría sido mejor haber ido antes a ver al Sombrerero».

---

13 Nuevo juego aprovechando la cercana homofonía de *pig* (cerdo, lechón) y *fig* (higo). (N. del T.)

CAPÍTULO VII

UNA MERIENDA DE LOCOS

Frente a la casa había una mesa puesta bajo un árbol, y la Liebre de Marzo y el Sombrerero estaban tomando allí el té; entre ellos había sentado un Lirón, completamente dormido, al que los otros dos usaban de cojín apoyando uno de los codos en él y hablando por encima de su cabeza: «Debe de ser muy incómodo para el Lirón —pensó Alicia—; aunque, como está dormido, supongo que no le importa».

La mesa era grande, pero los tres se habían apiñado muy juntos en una de las esquinas: —¡No hay sitio! ¡No hay sitio! —gritaron cuando vieron acercarse a Alicia.

—¡Esto está *lleno* de sitio! —dijo Alicia indignada, y se sentó en un amplio sillón en un extremo de la mesa.

—¿Quieres un poco de vino? —dijo la Liebre de Marzo en tono conciliador.

Alicia miró por toda la mesa, pero allí no había más que té.

—No veo vino por ninguna parte —observó.

—Es que no lo hay —dijo la Liebre de Marzo.

—Entonces no me parece muy cortés de su parte ofrecerlo —dijo Alicia con indignación.

—Tampoco lo ha sido de la tuya sentarte sin ser invitada —dijo la Liebre de Marzo.

—No sabía que la mesa fuera *suya* —dijo Alicia—; está puesta para muchos más de tres.

—Necesitas un corte de pelo —dijo el Sombrerero, que había estado contemplando a Alicia un buen rato con mucha curiosidad, y esas fueron sus primeras palabras.

—Y usted debería aprender a no hacer observaciones de tipo personal —dijo Alicia adoptando un tono bastante severo—; es algo de muy mala educación.

El Sombrerero abrió desmesuradamente los ojos al oír aquello; pero solo *respondió:* —¿En qué se parece un cuervo a un pupitre?

«Vaya, parece que vamos a divertirnos —pensó Alicia—. Me gusta que empiecen jugando a las adivinanzas...»

—Creo que podría adivinarlo —añadió en voz alta.

—¿Quieres decir que crees poder encontrar la solución? —dijo la Liebre de Marzo.

—Exactamente —dijo Alicia.

—Entonces deberías decir lo que quieres decir —añadió la Liebre de Marzo.

—Es lo que hago —se apresuró a replicar Alicia—. ¡O por lo menos..., por lo menos quiero decir lo que digo!... Viene a ser lo mismo, ¿no?

—¡Qué va a ser lo mismo! —dijo el Sombrerero—. Si así fuera, podrías decir que «veo lo que como» es lo mismo que «como lo que veo».

—También podrías decir —añadió la Liebre de Marzo— que «me gusta lo que tengo» es lo mismo que «tengo lo que me gusta».

—También podrías decir —añadió el Lirón, que parecía hablar dormido— que «respiro cuando duermo» es lo mismo que «duermo cuando respiro».

—*Es* lo mismo para ti —dijo el Sombrerero, y en este punto la charla se interrumpió; el grupo guardó silencio durante un minuto, mientras Alicia pensaba en todo lo que podía recordar sobre cuervos y pupitres, que no era mucho.

El Sombrerero fue el primero en romper el silencio: —¿A qué día del mes estamos? —dijo, volviéndose hacia Alicia: sacó su reloj y se puso a mirarlo con aire preocupado, sacudiéndolo de vez en cuando y llevándoselo al oído.

Alicia estuvo pensando un poco, y luego dijo: —A cuatro.

—¡Dos días de retraso! —suspiró el Sombrerero, y añadió mirando enfadado a la Liebre de Marzo—: Te dije que no le sentaría bien la mantequilla al mecanismo.

—Era mantequilla de la *mejor* —replicó la Liebre de Marzo.

—Sí, pero seguro que con la mantequilla se han colado migas de pan —gruñó el Sombrerero—; no debías haberla puesto con el cuchillo de cortar el pan.

La Liebre de Marzo tomó el reloj y lo miró con aire melancólico; luego lo hundió dentro de su taza de té y volvió a mirarlo; pero no se le ocurrió nada mejor que repetir su primer comentario: —Bah, era mantequilla de la *mejor*.

Alicia había estado mirando por encima del hombro de la Liebre con cierta curiosidad: —¡Qué reloj más divertido! —observó—. Marca los días del mes y no marca las horas.

—¿Por qué habría de hacerlo? —masculló el Sombrerero—. ¿Te dice acaso tu reloj los años?

—Claro que no —replicó Alicia en el acto—, pero es porque estamos en el mismo año mucho tiempo.

—Precisamente eso es lo que le ocurre al *mío* —dijo el Sombrerero.

Alicia quedó terriblemente desconcertada. La apostilla del Sombrerero no parecía tener sentido y, sin embargo, era gramaticalmente correcta. —No acabo de entenderlo —dijo con la mayor amabilidad posible.

—¡El Lirón ha vuelto a dormirse! —exclamó el Sombrerero, y vertió un poco de té caliente sobre su hocico.

El Lirón sacudió la cabeza molesto, y dijo sin abrir los ojos:

—Claro, claro, es precisamente lo que yo iba a decir.

—¿Ya has adivinado la adivinanza? —preguntó el Sombrerero, volviéndose de nuevo hacia Alicia.

—No, y me rindo —contestó Alicia—. ¿Cuál es la respuesta?

—No tengo ni la más remota idea —confesó el Sombrerero.

—Ni yo —dijo la Liebre de Marzo.

Alicia suspiró cansada: —Creo que podrían ustedes aprovechar mejor el tiempo en vez de malgastarlo con adivinanzas que no tienen respuesta —les dijo.

—Si conocieses el Tiempo tan bien como yo —dijo el Sombrerero—, no hablarías de malgastarlo como si fuera una cosa. Es una persona.

—No entiendo lo que quiere decir —contestó Alicia.

—Naturalmente que no —dijo el Sombrerero, moviendo la cabeza con aire despectivo—. Estoy seguro de que ni siquiera has hablado nunca con el Tiempo.

—¡Quizá no! —contestó Alicia con cautela—, pero sé que tengo que marcar el tiempo cuando aprendo música[14].

—Ah, eso lo explica todo —dijo el Sombrerero—. El Tiempo no soporta que lo marquen como si fuese ganado. Pero si estuvieras a buenas con él, él podría hacer casi todo lo que tú quisieras con el reloj. Por ejemplo, supón que tus clases empiezan a las nueve de la mañana: no tienes más que susurrar una insinuación al Tiempo para que las agujas empiecen a girar en un santiamén. ¡La una y media, hora de comer!

—¡Cómo me gustaría que lo fuera ahora! —murmuró para sí la Liebre de Marzo.

—¡Sería realmente grandioso! —exclamó Alicia pensativa—. Pero entonces no tendría apetito, ¿sabe?

—Al principio quizá no —dijo el Sombrerero—, pero podrías quedarte en la una y media cuanto quisieras.

—¿Es eso lo que *usted* hace? —preguntó Alicia.

El Sombrerero movió la cabeza con tristeza: —No, por desgracia no es eso —replicó—. Nos peleamos en marzo..., justo antes de que *ella* se volviera loca —dijo, apuntando con su cucharilla de té a la Liebre de Marzo—:

---

14 *Time* —que Carroll cuida de escribir con mayúscula cuando pone la palabra en labios del Sombrerero— significa «tiempo» y «medida, compás». En el original: *I know I have to beat Time when I learn music* («Sé que en mi clase de música tengo que llevar el compás»). A lo que responde el Sombrerero: *Ah! That accounts for it. He won't stand beating* («Ah, eso lo explica todo. No soporta que le peguen»). También se emplea en castellano «marcar el tiempo», «marcar los tiempos» o «llevar el compás», que me facilita construir un juego de palabras semejante al de Carroll. Al utilizar «marcar» obligado por el juego para traducir *to beat time* añado «como si fuera ganado». (N. del T.)

ocurrió durante un gran concierto que dio la Reina de Corazones, en el que yo canté:

> ¡Tiembla, tiembla, pequeño murciélago!
> Qué andarás haciendo ahora.

¿Conoces por casualidad la canción?

—Algo parecido he oído —dijo Alicia.

—Como sabes —prosiguió el Sombrerero—, continúa así:

> Vuela, vuela por encima del mundo,
> como una bandeja de té en el cielo.
> Tiembla, tiembla...

En ese momento el Lirón se estremeció y empezó a cantar dormido: —Tiembla, tiembla, tiembla, tiembla—, y siguió así tanto tiempo que tuvieron que darle pellizcos para que parase.

—Bueno, pues nada más acabar la primera estrofa —continuó el Sombrerero—, la Reina dio un salto y se puso a chillar: —¡Está matando el tiempo! ¡Que le corten la cabeza!».

—¡Qué terrible salvajada! —exclamó Alicia.

—Y desde entonces —prosiguió el Sombrerero en tono sombrío—, no quiere hacer nada de lo que le pido. Ahora siempre son las seis.

Una brillante idea se abrió paso en la mente de Alicia: —¿Es esa la razón de que haya aquí tantos cubiertos de té? —preguntó.

—Sí, esa es —dijo el Sombrerero suspirando—; aquí siempre es la hora del té, y entre té y té no tenemos tiempo para lavar las cosas.

—Supongo entonces que se dedican a pasar de un sitio a otro alrededor de la mesa —dijo Alicia.

—Eso mismo —dijo el Sombrerero—, a medida que se ensucian las tazas.

—¿Y qué pasa cuando llegan de nuevo al principio? —se atrevió a preguntar Alicia.

—¿Por qué no cambiamos de tema? —les interrumpió bostezando la Liebre de Marzo—. Este ya me está cansando. Propongo que la señorita nos cuente un cuento.

—Me temo que no sé ninguno —dijo Alicia, bastante alarmada por la propuesta.

—¡Entonces que lo haga el Lirón! —exclamaron los dos al mismo tiempo—. ¡Despierta, Lirón! —y le pellizcaron por los dos lados a la vez.

El Lirón abrió lentamente los ojos: —No estaba dormido —dijo con una voz ronca y débil—. He oído todo lo que habéis dicho, amigos.

—Cuéntanos un cuento —dijo la Liebre de Marzo.

—Anda, por favor —pidió Alicia.

—Y deprisa —añadió el Sombrerero—, o te volverás a dormir antes de acabarlo.

—Había una vez tres hermanitas —empezó el Lirón a toda prisa— que se llamaban Elsie, Lacie y Tillie, y que vivían en el fondo de un pozo...

—¿Y de qué se alimentaban? —dijo Alicia, muy interesada siempre por las cuestiones de comida y bebida.

—¡Se alimentaban de melaza! —dijo el Lirón, después de pensar uno o dos minutos.

—No podían vivir de eso, ¿sabe? —observó Alicia con delicadeza—; habrían enfermado.

—Por eso estaban *tan* enfermas —dijo el Lirón.

Alicia trató de imaginarse cómo sería aquel modo tan extraordinario de vida, pero la desconcertaba demasiado; así que continuó: —Pero ¿por qué vivían en el fondo de un pozo?

—Toma un poco más de té —le dijo la Liebre de Marzo a Alicia, muy seria.

—Si todavía no he tomado nada —replicó Alicia en tono ofendido—, no puedo tomar un poco más.

—Querrás decir que no puedes tomar *menos* —dijo el Sombrerero—; es mucho más fácil tomar *más* que nada.

—A *usted* nadie le ha pedido su opinión —contestó Alicia.

—¿Quién está haciendo ahora observaciones personales? —preguntó triunfalmente el Sombrerero.

Como Alicia no supo qué contestarle, se sirvió un poco de té y pan con mantequilla y, volviéndose al Lirón, repitió la pregunta: —¿Por qué vivían en el fondo de un pozo?

El Lirón se tomó otra vez uno o dos minutos para pensarlo, y luego dijo:
—Era un pozo de melaza.

—Eso no existe —empezó a decir Alicia muy furiosa, pero el Sombrerero y la Liebre de Marzo exclamaron: —¡Chiss, chiss!—, y el Lirón observó en tono desabrido: —Si no eres capaz de ser educada, será mejor que termines tú el cuento.

—No, por favor, siga —dijo Alicia humildemente—. No volveré a interrumpirlo. Tal vez, puede que exista *uno*.

—Uno *sí* —dijo el Lirón indignado. Pero accedió a seguir—: Así pues, las tres hermanitas... estaban aprendiendo a sacar...[15]

—¿Y qué sacaban? —preguntó Alicia, que ya se había olvidado por completo de su promesa.

—Melaza —dijo el Lirón sin pensárselo esta vez.

—Quiero una taza limpia —le interrumpió el Sombrerero—, ¡tenemos que corrernos un puesto!

Y se cambió de sitio, seguido por el Lirón; la Liebre de Marzo se movió hasta el puesto del Lirón, y Alicia, de mala gana, ocupó el de la Liebre de Marzo. El Sombrerero era el único que había salido ganando con el cambio, mientras que Alicia estaba mucho peor que antes, porque la Liebre de Marzo acababa de derramar la jarra de la leche en su plato.

Alicia no quiso ofender otra vez al Lirón, por lo que empezó con mucha cautela: —Pues no lo entiendo. ¿De dónde sacaban la melaza?

—Puedes sacar agua de un pozo de agua —dijo el Sombrerero—, por lo tanto imagino que puedes sacar melaza de un pozo de melaza, ¿no, estúpida?

—Pero si estaban *dentro* del pozo —dijo Alicia al Lirón, sin darse por enterada del último comentario.

—Claro que estaban dentro —dijo el Lirón—, y bien dentro[16].

Esta respuesta dejó tan confusa a la pobre Alicia que permitió al Lirón proseguir un rato sin interrupciones.

---

15 *They were learning to draw: to draw* tiene dos sentidos: «sacar, extraer agua de un pozo» y, además, «dibujar», que aparecerá líneas más adelante en sustitución del primer sentido, cuando el Lirón repita la frase. Igualmente he adaptado los objetos que dibujaban, y que comienzan por M. (N. del T.)

16 En inglés, Carroll juega con el doble sentido de *well*, a un tiempo «bien» y «pozo». (N. del T.)

—Estaban aprendiendo a dibujar —prosiguió el Lirón bostezando y frotándose los ojos porque empezaba a tener mucho sueño—, y dibujaban toda clase de cosas..., todo lo que empieza con M...

—¿Por qué con M? —preguntó Alicia.

—¿Y por qué no? —dijo la Liebre de Marzo.

Alicia se calló.

Mientras, el Lirón ya había cerrado los ojos y daba cabezadas; pero, al pellizcarle el Sombrerero, volvió a despertarse soltando un breve chillido, y continuó: —Todo lo que empieza con M, como matarratas, mariposas, memoria y mucho... Ya sabéis, como cuando se dicen cosas como "mucho más que menos"... ¿Has visto alguna vez algo tan impresionante como un mucho bien dibujado?...

—La verdad, ahora que me lo preguntas —dijo Alicia muy confusa—, no creo...

—Entonces, cállate —dijo el Sombrerero.

Esta muestra de grosería era más de lo que Alicia podía soportar. Se levantó muy indignada y se alejó; el Lirón se quedó dormido en el acto, y ninguno de los otros dio la menor señal de enterarse de la marcha de Alicia, a pesar de que se volvió una o dos veces, medio esperando que la llamaran; la última vez que los vio estaban intentando meter al Lirón dentro de la tetera.

«¡De cualquier modo, bah, *ahí* no volveré nunca! —dijo Alicia, mientras buscaba su sendero en el bosque—. ¡Es el té más estúpido que he visto en mi vida!»

Nada más decir esto, se fijó en que uno de los árboles tenía una puerta por la que se podía entrar en el árbol: «Esto sí que es curioso —pensó—. Bueno, hoy todo es muy curioso. Creo que puedo entrar por las buenas». Y entró.

Una vez más volvió a encontrarse en el largo vestíbulo y junto a la pequeña mesa de cristal. «Esta vez lo haré mejor» —se dijo a sí misma, y empezó por tomar la llavecita de oro y abrir la puerta que daba al jardín. Luego sepuso a mordisquear la seta (se había guardado un trocito en el bolsillo) hasta que su tamaño se redujo a un pie de altura; y *entonces...* se encontró por fin en el hermoso jardín, entre los brillantes macizos de flores y las frescas fuentes.

CAPÍTULO VIII

EL CAMPO DE CROQUET DE LA REINA

Había un gran rosal junto a la entrada del jardín; las rosas que en él crecían eran blancas, pero había tres jardineros pintándolas, muy afanosos, de rojo. Alicia pensó que aquello era muy raro, y se acercó para mirar; precisamente cuando llegaba junto a ellos oyó decir a uno: —¡Eh, Cinco, ten cuidado, que me estás salpicando de pintura!

—No he podido evitarlo —dijo Cinco en tono de mal humor—. Siete me ha dado un codazo.

Ante lo cual, Siete levantó la vista y dijo: —Esta sí que es buena, Cinco. Siempre echando la culpa a los demás.

—Y tú mejor harías callándote —dijo Cinco—. Ayer mismo le oí decir a la Reina que merecías que te cortasen la cabeza.

—¿Por qué? —preguntó el que había hablado primero.

—Eso a ti no *te* importa, Dos —respondió Siete.

—Claro que *le* importa —dijo Cinco—, y se lo voy a contar: fue por llevarle a la cocinera bulbos de tulipán en vez de cebollas.

Siete tiró la brocha al suelo y, al empezar a decir: «Vaya, de todas las cosas injustas»..., sus ojos se posaron en Alicia, que los miraba, y se detuvo en el acto; los otros también se volvieron a mirar y los tres hicieron una reverencia.

—¿Podríais decirme por qué estáis pintando esas rosas? —dijo Alicia con cierta timidez.

Cinco y Siete no dijeron nada, pero miraron a Dos. Dos empezó en voz baja: —Verá usted, señorita, lo cierto es que este tenía que haber sido un rosal *rojo,* pero pusimos uno blanco por equivocación; y si la Reina se entera, seguro que nos corta la cabeza a todos, ¿sabe? Como puede ver, señorita, hacemos lo que podemos antes de que venga para...—. En ese momento Cinco, que había estado mirando preocupado la otra punta del jardín, gritó: —¡La Reina, la Reina! —y al instante los tres jardineros se tiraron de bruces al suelo. Se oía un murmullo de muchos pasos, y Alicia se volvió para mirar alrededor, ansiosa por ver a la Reina.

Primero llegaron 10 soldados cargados de bastos; todos eran como los tres jardineros, rectángulos y planos, con las manos y los pies en las esquinas; luego llegaron 10 cortesanos, todos adornados con diamantes[17] y que caminaban de dos en dos, como los soldados. Detrás venían los príncipes, que eran 10; estas encantadoras criaturitas venían saltando alegremente, agarradas de la mano, por parejas, y adornadas con corazones. Después venían los invitados, Reyes y Reinas en su mayoría, y entre ellos Alicia reconoció al Conejo Blanco, que hablaba sin parar y muy nervioso, respondiendo con una sonrisa a cuanto se decía; pasó a su lado sin fijarse en ella. Luego venía la Sota de corazones, trayendo la corona del Rey sobre un cojín de terciopelo escarlata; y, cerrando la gran procesión, venían EL REY y LA REINA DE CORAZONES.

Alicia se preguntó si debía tirarse al suelo como los tres jardineros, pero no recordaba que le hubieran hablado nunca de tal protocolo para un cortejo; «y además, ¿para qué sirve un cortejo —pensó—, si la gente tiene que tirarse boca abajo y se queda sin verlo?». Así que se quedó donde estaba y esperó.

Cuando el cortejo llegó a la altura de Alicia, se pararon todos y la miraron, y la Reina dijo con severidad: —¿Quién es esta?—. Se lo preguntó a la Sota de Corazones, que se limitó a inclinarse y a sonreír por toda respuesta.

---

17   En el párrafo, Carroll juega con dos términos: *club* y *diamond. Club* significa «garrote, maza» y también, en el juego de cartas, «as de trébol». *Diamond* puede significar «diamante» y, en el juego de cartas, «as de diamantes». (N. del T.)

—¡Idiota! —dijo la Reina, moviendo de un lado para otro la cabeza, muy impaciente; y, volviéndose hacia Alicia, añadió—: ¿Cómo te llamas, niña?

—Me llamo Alicia, con la venia de Su Majestad —dijo Alicia con mucha cortesía; pero agregó para sus adentros—: «Bueno, después de todo, no son más que un mazo de cartas ¡No hay por qué tenerles miedo!».

—¿Y quiénes son *esos*? —dijo la Reina señalando a los tres jardineros que estaban tendidos alrededor del rosal; porque como se habían tirado bocabajo, y el dibujo de sus espaldas era el mismo que el del resto de las cartas, como comprenderéis no podía saber si eran jardineros, soldados, cortesanos, o tres de sus propios hijos.

—¡Y *yo* qué sé! —dijo Alicia, sorprendida de su propio valor—. No es asunto *mío*.

La Reina se puso roja de cólera y, tras lanzarle durante un momento una mirada de bestia salvaje, chilló: —¡Que le corten la cabeza..., que se la corten!

—Tonterías —dijo Alicia en voz alta y decidida, y la Reina guardó silencio.

El Rey puso la mano sobre el brazo de la Reina, y tímidamente dijo: —Ten en cuenta, querida, que es solo una niña.

La Reina se apartó de su lado furiosa, y le dijo a la Sota de Corazones: —¡Dales la vuelta!

La Sota así lo hizo, muy cuidadosamente, con un pie.

—¡De pie! —chilló la Reina con voz estridente y estrepitosa, e inmediatamente los tres jardineros dieron un brinco y empezaron a hacer reverencias al Rey, a la Reina, a los príncipes y a todo el mundo.

—Ya está bien —gritó la Reina—, me estáis mareando —y luego, volviéndose hacia el rosal, añadió—: ¿Qué *estabais* haciendo aquí?

—Con la venia de Su Majestad —dijo Dos, en tono humildísimo e hincando una rodilla en tierra mientras hablaba—, intentábamos...

—¡Ya lo veo! —dijo la Reina, que mientras tanto había estado examinando las rosas—. ¡Que les corten la cabeza! —y el cortejo continuó su marcha, mientras tres soldados se quedaban detrás para ejecutar a los desventurados jardineros, que corrieron hacia Alicia en busca de protección.

—No os cortarán la cabeza —dijo Alicia, y los metió en una gran maceta que había allí cerca. Los tres soldados dieron vueltas buscándolos durante uno o dos minutos, y luego, tranquilamente, se marcharon tras los demás.

—¿Les habéis cortado la cabeza? —gritó la Reina.

—¡Sus cabezas han desaparecido, con la venia de Su Majestad! —gritaron a modo de respuesta los tres soldados[18].

—¡Está bien! —chilló la Reina—. ¿Sabéis jugar al croquet?

Los soldados se callaron mirando en dirección a Alicia, pues la pregunta era evidentemente para ella.

—Sí —gritó Alicia.

—¡Entonces, ven! —rugió la Reina, y Alicia se unió a la comitiva, preguntándose qué iba a pasar ahora.

—¡Vaya día!... ¡Es un día espléndido! —dijo una tímida voz a su lado. Caminaba al lado del Conejo Blanco, que contemplaba su cara lleno de calma.

—Espléndido, sí —contestó Alicia—. ¿Dónde está la Duquesa?

—¡Chiss, chiss! —dijo el Conejo en voz baja y con tono angustiado. Echó una mirada llena de ansiedad por encima del hombro mientras hablaba, y luego se puso de puntillas, pegó su boca al oído de Alicia y susurró—: ¡Está condenada a muerte!

—¿Por qué? —dijo Alicia.

—¿Has dicho «¡qué lástima!»? —preguntó el Conejo.—No, no he dicho eso —dijo Alicia—, no creo que sea ninguna lástima. He dicho «¿por qué?».

—Le dio un tortazo a la Reina en las orejas —empezó a decir el Conejo. Alicia soltó una risita—. Chiss, calla —susurró el Conejo asustado—. Puede oírte la Reina. Mira, es que la Duquesa ha llegado con mucho retraso y la Reina ha dicho...

—Ocupad vuestros puestos —gritó la Reina con voz de trueno, y todo el mundo echó a correr en todas direcciones tropezando unos con otros; sin embargo, al cabo de uno o dos minutos consiguieron ocupar sus puestos y empezó el juego.

---

18 Carroll utiliza una expresión ambigua: *to be gone*, de modo que los soldados responden a la pregunta de la reina con una elusión, cuando ella cree que se trata de una respuesta afirmativa. (N. del T.)

Alicia pensó que nunca hasta entonces había visto un campo de croquet tan curioso: estaba lleno de hoyos y montículos, las pelotas de croquet eran erizos vivos, los mazos, flamencos también vivos y los soldados tenían que doblarse apoyando las manos y los pies en el suelo para hacer de arcos.

La mayor dificultad con que Alicia se encontró al principio fue el manejo de su flamenco: consiguió poner el cuerpo debajo de su brazo con cierta comodidad, con las patas colgando, pero, por regla general, justo cuando conseguía enderezarle delicadamente el cuello y estaba a punto de golpear con su cabeza al erizo, al flamenco *le daba* por volverse y mirar a Alicia con una expresión tan asombrada que la niña no podía contener la risa; y cuando conseguía bajarle de nuevo la cabeza y se disponía a empezar de nuevo, era desesperante ver que el erizo se había desenrollado y se alejaba arrastrándose. Por si fuera poco, generalmente había un hoyo o un montículo en el camino por donde quería empujar al erizo, y como los soldados doblados estaban siempre levantándose y trasladándose a otras partes del campo, Alicia no tardó en llegar a la conclusión de que aquel era realmente un juego muy difícil.

Todos los jugadores jugaban a la vez, sin esperar su turno, discutiendo constantemente y peleándose por los erizos; al cabo de poquísimo tiempo, la Reina montó en cólera y se puso a patalear y a chillar: «¡Que le corten a ese la cabeza!» y «¡Que le corten a esa la cabeza!» a cada instante.

Alicia empezó a sentirse muy incómoda: cierto que aún no había tenido ninguna pelea con la Reina, pero sabía que podía producirse en cualquier momento, «y entonces —pensó—, ¿qué será de mí? Aquí son terriblemente aficionados a cortarle la cabeza a la gente, ¡lo que me maravilla es que todavía quede alguno vivo!».

Estaba buscando alguna forma de escapar y preguntándose si podría alejarse sin que la vieran, cuando contempló una extraña aparición en el aire: al principio quedó desconcertada, pero tras mirarla uno o dos minutos comprendió que era una sonrisa, y se dijo: «Es el Gato de Cheshire; ahora tendré alguien con quien charlar.»

—¿Qué tal te va? —dijo el Gato tan pronto como tuvo boca bastante para hablar.

Alicia esperó a que aparecieran los ojos, y entonces le saludó con la cabeza: «Es inútil hablarle —pensó— hasta que no lleguen las orejas, o al menos una». Al cabo de un momento apareció toda la cabeza, y Alicia soltó el flamenco y se puso a explicarle cómo era el juego, muy contenta de tener alguien que la escuchara. El Gato pareció pensar que ya había una parte suficientemente visible de su persona, y no apareció nada más.

—No creo que jueguen sin hacer trampas —empezó a decir Alicia en tono bastante quejoso—, y discuten tanto todos que ni siquiera puede una oírse hablar..., además de que no parece que haya ninguna regla en particular; y, si las hay, nadie les hace caso..., y no puedes hacerte idea de lo molesto que resulta que todas estas cosas estén vivas; por ejemplo, el arco que tengo que atravesar ahora está paseando por el otro extremo del campo... ¡Y hace un momento le habría propinado un buen golpe al erizo de la Reina de no ser porque escapó al ver llegar el mío!

—¿Qué te parece la Reina? —dijo el Gato en voz baja.

—No me gusta nada —dijo Alicia—, está tan extremadamente... —en ese preciso momento se dio cuenta de que la Reina estaba justo detrás de ella escuchando, por lo que continuó—: ... segura de ganar que no merece la pena seguir jugando.

La Reina sonrió y prosiguió su camino.

—¿A quién le *estás* hablando? —dijo el Rey, acercándose a Alicia y mirando hacia la cabeza del Gato con mucha curiosidad.

—A un amigo mío..., al Gato de Cheshire —dijo Alicia—; permítame que se lo presente.

—No me gusta nada su aspecto —dijo el Rey—; sin embargo, puede besarme la mano si quiere.

—Mejor no —observó el Gato.

—¡No seas impertinente, y no mires así! —dijo el Rey, que se puso detrás de Alicia mientras hablaba.

—Un gato puede mirar a un Rey[19] —dijo Alicia—. Lo he leído en algún libro, pero no recuerdo en cuál.

---

19 *A cat may look at a king:* proverbio que pone de manifiesto la dignidad y los derechos de todo ciudadano ante la autoridad y la justicia. (N. del T.)

—Bueno, hay que echarlo de aquí —dijo el Rey con aire decidido, y llamó a la Reina, que pasaba en ese momento—: Querida, me gustaría que mandaras echar a ese gato.

La Reina solo tenía una forma de resolver las dificultades, grandes o pequeñas: —¡Que le corten la cabeza!—, dijo sin volverse siquiera.

—Yo mismo buscaré al verdugo —dijo el Rey impaciente, y se alejó a toda prisa.

Alicia estaba pensando que podría volver al juego y ver cómo iba cuando oyó la voz de la Reina a lo lejos, chillando furiosa. Ya había oído sentenciar a muerte a tres de los jugadores por haberse adelantado de turno, y no le gustaba nada el giro que empezaban a tomar las cosas, porque reinaba tal confusión en el juego que no sabía cuándo era su turno o cuándo no era. Así que se fue a buscar su erizo.

El erizo estaba enzarzado en una pelea con otro erizo, cosa que a Alicia le pareció una oportunidad excelente para golpear al uno con el otro: la única dificultad era que su flamenco se había ido a la otra punta del jardín, donde Alicia podía verlo intentando desesperadamente volar para encaramarse en un árbol.

Antes de que lograra atrapar su flamenco y traerlo de vuelta, la pelea había terminado, y los dos erizos habían desaparecido. «No tiene la menor importancia —pensó Alicia—, porque todos los arcos se han marchado de esta parte del campo.» Así pues, se lo colocó debajo del brazo para que no volviera a escaparse, y regresó a charlar un rato con su amigo.

Cuando llegó donde estaba el Gato de Cheshire, se sorprendió al encontrar una gran multitud reunida en torno suyo: había una pelea entre el verdugo y el Rey y la Reina, que hablaban al mismo tiempo mientras los demás permanecían completamente callados y parecían sentirse muy incómodos.

En cuanto apareció Alicia, los tres apelaron a ella para que resolviera la discusión; le repitieron sus argumentos, aunque, como todos hablaban a la vez, le resultó muy difícil comprender exactamente lo que decían.

El verdugo alegaba que no podía cortarse la cabeza si no existía un cuerpo del que cortarla; que él nunca había hecho nada parecido hasta entonces y que no iba a empezar a hacerlo a estas alturas de *su* vida.

El Rey decía que cualquier cosa que tuviera cabeza podía ser decapitada, y que ya estaba bien de tonterías.

La Reina aducía que, si no se solucionaba aquello inmediatamente, mandaría ejecutar a todo el mundo. (Este último comentario era lo que había puesto tan seria e inquieta a toda la asamblea.)

A Alicia no se le ocurrió cosa mejor que decir: —Es de la Duquesa; mejor sería preguntárselo a *ella*.

—Está en la cárcel —le dijo la Reina al verdugo—. Tráela aquí —y el verdugo echó a correr como una flecha.

La cabeza del Gato empezó a esfumarse en el momento en que se fue, y cuando volvió con la Duquesa había desaparecido por completo; así que el Rey y el verdugo se pusieron a correr buscándolo por todas partes, mientras el resto de los asistentes volvían al juego.

CAPÍTULO IX

HISTORIA DE LA TORTUGA ARTIFICIAL[20]

No sabes cuánto me alegra volver a verte —dijo la Duquesa, pasando afectuosamente su brazo bajo el de Alicia; y se pusieron a dar un paseo juntas.

Alicia se alegró mucho de encontrarla de tan buen humor, y pensó que tal vez fuera solo la pimienta lo que la había puesto tan furiosa cuando se encontraron en la cocina.

«Cuando *yo sea* Duquesa —se dijo a sí misma (aunque en tono de no hacerse muchas esperanzas de serlo)—, no tendré en mi cocina *ni un solo* grano de pimienta. La sopa puede pasarse sin ella. Quizá sea la pimienta lo que calienta la cabeza de la gente —prosiguió muy contenta por haber descubierto una receta nueva—, y el vinagre, que los vuelve tan agrios..., y la manzanilla, que los amarga... y... y el alfeñique y el resto de cosas parecidas que hacen a los niños tan dulces. Me gustaría que la gente lo supiera, porque entonces no serían tan tacaños con los dulces.»

---

20 Alusión a la *mock turtle soup* (sopa de tortuga artificial), famosa en la época de Carroll y que nada tenía que ver con la tortuga. Se trataba de una especie de mermelada o jarabe hecho de caldo de cabeza de vaca que se diluía en agua o se untaba (y se unta en la actualidad) en las tostadas. De ahí el dibujo de la Tortuga en este mismo capítulo. (N. del T.)

Mientras, se había olvidado por completo de la Duquesa, y se sobresaltó un poco al oír su voz murmurarle al oído: —Estás pensando algo, querida, y se te olvida hablar. No puedo decirte ahora la moraleja que se deduce de tal hecho, pero no tardaré en recordarla.

—Puede que no tenga ninguna moraleja —se aventuró a comentar Alicia.

—¡Calla, niña! —respondió la Duquesa—. Todo tiene su moraleja, solo que hay que encontrarla —y mientras decía esto se apretaba más contra Alicia.

No era precisamente tenerla tan cerca lo que más podía agradar a Alicia: primero, porque la Duquesa era *muy* fea; y segundo, porque tenía la estatura justa para apoyar la barbilla en el hombro de Alicia, y era una barbilla desagradablemente puntiaguda. Pero como tampoco quería ser grosera, aguantó lo mejor que pudo.

—Parece que ahora la partida va mejor —dijo Alicia para alimentar un poco la conversación.

—Así es —replicó la Duquesa—, y puede sacarse la moraleja siguiente: «Oh, es el amor, es el amor, el que hace marchar el mundo alrededor».

—Alguien dijo —susurró Alicia— que marcharía mejor si cada cual se ocupara de sus asuntos.

—Bueno, viene a ser lo mismo —dijo la Duquesa, clavando su pequeña y puntiaguda barbilla en el hombro de Alicia, mientras añadía—: Y la moraleja de *esto* es: «Cuida del sentido, y los sonidos se cuidarán por sí mismos».

«Qué manía de sacarle moraleja a todo», pensó Alicia.

—Apuesto a que te preguntas por qué no paso el brazo alrededor de tu cintura —dijo la Duquesa después de una pausa—; pues porque tengo mis dudas sobre el carácter de tu flamenco. ¿Quieres que haga la prueba?

—A lo mejor le da un picotazo —replicó Alicia con cautela, sin la menor gana de hacer el experimento.

—Muy cierto —dijo la Duquesa—: los flamencos y la mostaza, los dos pican. Y la moraleja es: «Pájaros de igual plumaje, juntos vuelan».

—Pero si la mostaza no es un pájaro —observó Alicia.

—Correcto, como siempre —dijo la Duquesa—. ¡Qué manera tan clara tienes de plantear las cosas!

—*Creo* que es un mineral —dijo Alicia.

—Claro que lo es —afirmó la Duquesa, que parecía dispuesta a decir que sí a todo cuanto saliera de los labios de Alicia—. Cerca de aquí hay una gran mina de mostaza. Y la moraleja es: «La mina es tuya, y la tuya es mía[21]».

—¡Ah, ya sé! —exclamó Alicia, que no había escuchado el último comentario—. Es un vegetal. No lo parece, pero lo es.

—Estoy completamente de acuerdo contigo —dijo la Duquesa—; y la moraleja es: «Sé lo que quieres parecer»; o para decirlo más sencillamente: «Nunca te imagines diferente de lo que puedas parecer a los demás; que lo que eras o habrías podido ser no fuera diferente de lo que habías sido que habría podido parecerles diferente».

—Creo que lo entendería mejor —dijo Alicia con mucha delicadeza— si lo viera por escrito. Tal como lo dice usted, me resulta imposible seguirlo.

—Eso no es nada comparado a como podría decirlo, si quisiera —contestó la Duquesa en tono satisfecho.

—Le ruego que no se moleste en decir cosas tan largas —dijo Alicia.

—Bah, no es molestia —dijo la Duquesa—. Te regalo todo lo que he dicho hasta ahora.

«¡Vaya regalito tan barato! —pensó Alicia—. ¡Menos mal que la gente no suele hacer regalos como ese en los cumpleaños!» —pero no se atrevió a decirlo en voz alta.

—¿Otra vez estás pensando? —preguntó la Duquesa, incrustándole de nuevo su puntiaguda barbilla.

—Tengo derecho a pensar —contestó Alicia en tono seco, porque empezaba a estar algo enfadada.

—Precisamente el mismo derecho —dijo la Duquesa— que un cerdo a volar, y la mo...

Pero en ese instante, para gran sorpresa de Alicia, la voz de la Duquesa se apagó en medio de su palabra favorita, «moraleja», y el brazo que tenía

---

21   *The more there is of mine, the less there is of yours* («Cuanto más hay de lo mío —o de la mina— menos hay de lo tuyo»). Juego basado en *mine*, que en inglés es el posesivo «mío» además de «mina». (N. del T.)

pasado entre los suyos empezó a temblar. Alicia levantó la vista y encontró delante a la Reina con los brazos cruzados y el ceño fruncido como presagio de tormenta.

—Hermoso día, Majestad —empezó a decir la Duquesa en voz baja y temblorosa.

—Te lo advierto por última vez —rugió la Reina, pateando el suelo mientras hablaba—; tú o tu cabeza debéis desaparecer, y en el acto, en un santiamén. ¡Tú eliges!

La Duquesa eligió y desapareció en un abrir y cerrar de ojos.

—Sigamos con el juego —le dijo la Reina a Alicia, que estaba demasiado asustada para decir algo; pero la siguió lentamente al campo de croquet.

Los demás invitados habían aprovechado la ausencia de la Reina para tumbarse a la sombra; sin embargo, nada más verla, volvieron al juego, mientras la Reina se limitó a advertirles en tono lacónico que el menor retraso les costaría la vida.

Durante todo el tiempo que duró el juego, la Reina no dejó de discutir con los demás jugadores ni de gritar: «¡Que le corten a ese la cabeza! ¡Que le corten a esa la cabeza!». Los soldados agarraban a los sentenciados y, como es lógico, tenían que dejar de hacer de arcos, por lo que al cabo de media hora o así ya no quedaban arcos, y todos los jugadores, menos el Rey, la Reina y Alicia, estaban bajo custodia con una sentencia de ejecución.

Entonces la Reina, sin aliento, abandonó la partida y le dijo a Alicia:

—¿Has visto ya a la Tortuga Artificial?

—No —dijo Alicia—. Ni siquiera sé lo que es una Tortuga Artificial.

—Es con lo que se hace la sopa de Tortuga Artificial —dijo la Reina.

—Nunca he visto ninguna, y tampoco he oído hablar de ella —confesó.

—Entonces ven —ordenó la Reina—, y así te contará su historia.

Cuando se alejaban, Alicia oyó decir al Rey en voz baja dirigiéndose a toda la reunión: «Quedáis todos perdonados». «¡Vaya, *eso está* mejor!» —se dijo Alicia, porque le daba mucha pena el gran número de ejecuciones que ordenaba la Reina.

No tardaron en encontrarse con un Grifo, que estaba tumbado y profundamente dormido al sol. (Si no sabéis lo que es un Grifo, mirad el dibujo.)

—¡Arriba, holgazán! —dijo la Reina—, y lleva a esta señorita a ver a la Tortuga Artificial para que oiga su historia. Yo tengo que regresar para asistir a unas ejecuciones que he ordenado —y se marchó, dejando a Alicia sola con el Grifo.

El aspecto de aquella criatura no le gustaba demasiado, pero pensó que, en resumidas cuentas, no era más peligroso quedarse a su lado que seguir a la feroz Reina; así que esperó.

El Grifo se incorporó y se frotó los ojos; después se quedó mirando a la Reina hasta que se hubo perdido de vista y, luego, empezó a hacer gorgoritos de risa. —¡Qué gracioso! —dijo el Grifo, a medias para sí y a medias para Alicia.

—¿Qué *es* lo gracioso? —preguntó Alicia.

—Pues *ella* —respondió el Grifo—. Todo es imaginación suya: verás, nunca ejecutan a nadie. ¡Vamos!

«Aquí todo el mundo dice "vamos" —pensó Alicia mientras echaba a andar tranquilamente detrás del Grifo—. ¡En mi vida me han dado tantas órdenes!»

No tuvieron que caminar mucho para ver a lo lejos a la Tortuga Artificial sentada, triste y solitaria, en un pequeño saliente de roca; y cuando se acercaron, Alicia pudo oírla suspirar como si se le partiese el corazón. La compadeció profundamente. —¿Qué pena sufre? —le preguntó al Grifo, y el Grifo contestó casi con las mismas palabras de antes: —Todo es imaginación suya: verás, no sufre ninguna pena. ¡Vamos!

Así pues, llegaron donde estaba la Tortuga Artificial, que los miraba con los ojos arrasados en lágrimas, pero sin decir nada.

—Te presento a esta joven señorita —dijo el Grifo— que quiere conocer tu historia.

—Se la contaré —dijo la Tortuga Artificial con voz profunda y cavernosa—. Sentaos los dos, y no digáis una palabra hasta que haya terminado.

De modo que se sentaron, y nadie habló durante unos minutos. Alicia pensó: «No sé cómo va a terminar *alguna vez su* historia si no la empieza». Pero aguardó llena de paciencia.

—Érase una vez —dijo por fin la Tortuga Artificial lanzando un profundo suspiro— en que yo era una Tortuga de verdad.

A estas palabras le siguió un larguísimo silencio, solo roto por alguna ocasional exclamación de «¡Hjckrrh!» lanzada por el Grifo y los incesantes sollozos de la Tortuga Artificial. Alicia estaba a punto de levantarse y decir: «Gracias, señora, por su interesante historia», pero no dejaba de pensar que la Tortuga *tenía* algo más que decir; así que permaneció sentada sin rechistar.

—Cuando éramos pequeñas —continuó por fin la Tortuga Artificial, más tranquila, aunque sollozando todavía un poco— íbamos a la escuela en el mar. El maestro era una vieja Tortuga... a la que llamábamos Galápago[22].

—¿Por qué la llamaban Galápago si no lo era? —preguntó Alicia.

—La llamábamos Galápago porque nos enseñaba —dijo enfadada la Tortuga Artificial—; realmente eres muy estúpida.

—Debería darte vergüenza hacer preguntas tan tontas —añadió el Grifo, y acto seguido ambos permanecieron en silencio, mirando a la pobre Alicia que estaba deseando que se la tragara la tierra. Finalmente, el Grifo dijo a la Tortuga Artificial: —Adelante, vieja. No vamos a pasarnos todo el día con tu historia—, y la Tortuga prosiguió con estas palabras:

—Sí, íbamos a la escuela del mar, aunque quizá no lo creas...

—Yo no he dicho nada —la interrumpió Alicia.

—Sí lo has dicho —dijo la Tortuga Artificial.

—¡Cierra el pico! —añadió el Grifo, sin dar tiempo a que Alicia abriese la boca. La Tortuga Artificial continuó:

—Teníamos la mejor de las educaciones..., de hecho íbamos a la escuela todos los días.

—*También yo* voy todos los días a la escuela —dijo Alicia—, no hay que presumir tanto por eso.

—¿Con clases extras? —preguntó la Tortuga Artificial algo ansiosa.

—Claro —dijo Alicia—, aprendemos Francés y Música.

—¿Y Lavado? —dijo la Tortuga Artificial.

---

22 Los juegos de palabras utilizados aquí por Carroll tienen varias direcciones: *tortoise* (tortuga vulgar, de tierra, de agua dulce), tiene en inglés pronunciación homofónica con *taught us* («nos enseñaba»). *Turtle* es la tortuga marina; tuerzo su traducción por «galápago» para que aflore la frase castellana «saber más que un galápago». (N. del T.)

—Por supuesto que no —dijo Alicia indignada.

—Ah, entonces no es realmente una buena escuela —dijo la Tortuga Artificial en tono de gran alivio—. En cambio, en la *nuestra,* había clases adicionales de Francés, Música y *Lavado...* extra.

—No debía de hacerles demasiada falta —dijo Alicia— viviendo en el fondo del mar.

—Yo no pude estudiarlo —dijo la Tortuga Artificial con un sollozo—. Seguí solo las clases normales.

—¿Y cómo eran? —preguntó Alicia.

—Lectura y Escritura para empezar, por supuesto —contestó la Tortuga Artificial—, y luego las distintas ramas de la Aritmética que son: Ambición, Distracción, Feificación e Irrisión[23].

—Nunca he oído hablar de Feificación —osó a decir Alicia—. ¿Qué es?

El Grifo levantó sus dos zarpas de la sorpresa:

—¡Cómo! Nunca ha oído hablar de feificación! — exclamó—. ¿Supongo que sabes qué es bonitificar?

—Sí —dijo Alicia con muchas duda—, significa... hacer... algo... más bonito.

—Bueno —continuó el Grifo—, pues si no sabes lo que es feificar, entonces *eres* tonta de remate.

Alicia no *tuvo* ánimo suficiente para seguir haciendo preguntas sobre el asunto, así que se volvió hacia la Tortuga Artificial y dijo: —¿Qué otras cosas aprendían?

—Bueno, pues había Histeria —respondió la Tortuga Artificial, contando las asignaturas con sus aletas—: Histeria antigua y moderna, con

---

23 La solución a los homónimos y sonidos semejantes de los términos ingleses es bastante desalentadora, pero imposible para mí de mejorar de modo satisfactorio: *Reeling* y *Writhing* (arte de bambolearse y contorsionarse), suenan de modo semejante a *Reading* (lectura) y *Writing* (escritura). La aritmética se divide en las cuatro conocidas ramas, que se prestan mejor a los juegos en inglés: *Addition: Ambition; Substraction: Distraction; Multiplication: Uglification* (formado sobre *ugly,* «feo», de ahí «feificación»), y *Division: Irrision.* Lo mismo ocurre con las demás asignaturas: *Mystery* (que convierto en «Histeria») es equívoco por *History; Seaography* (que convierto en «Mareografía») está por *Geography; Drawling* (pronunciar las palabras arrastrando las vocales), sustituye a *Drawing* (dibujar); *Stretching* (estirarse), a *Sketching* (hacer esbozos, croquis); y *Fainting in coils,* a *Painting oils* (pintar al óleo). Al traducir estos últimos he atendido a alteraciones fonéticas. Siguiendo con el juego, me he permitido un neologismo absurdo, «bonitificar», que traduce el correcto término inglés *beautify* (embellecer). (N. del T.)

Mareografía y Bidujo... El profesor de Bidujo era un viejo congrio que solía ir una vez a la semana: *él* nos enseñó Bidujo, Reboce y Tintura al Poleo.

—Y *eso* ¿qué era? —preguntó Alicia.

—Bueno, no puedo hacerte una demostración —contestó la Tortuga Artificial—; estoy demasiado anquilosada. Y el Grifo nunca lo aprendió.

—No tenía tiempo —dijo el Grifo—. Pero iba a clase de Clásicos. Aquel sí que era un cangrejo viejo.

—Nunca fui a su clase —dijo la Tortuga con un suspiro—; enseñaba Risa y Llanto[24], según solía decir.

—Cierto, muy cierto —dijo el Grifo, suspirando a su vez; y los dos animales escondieron las caras entre sus patas.

—¿Y cuántas horas al día duraban sus lecciones? —preguntó Alicia, con prisa por cambiar de tema.

—Diez horas el primer día —contestó la Tortuga Artificial—, nueve el siguiente, y así sucesivamente.

—¡Qué horario más curioso! —exclamó Alicia.

—Por esa razón se llaman cortas[25] —observó el Grifo—; porque día a día se acortan.

Era esta una idea completamente nueva para Alicia, y la estuvo meditando un poco antes de hacer el siguiente comentario: —Entonces el undécimo día debía ser vacación».

—Claro —dijo la Tortuga Artificial.

—¿Y qué hacían entonces el duodécimo día? —preguntó Alicia con impaciencia.

—Basta de hablar de clases —la interrumpió el Grifo en tono muy cortante—. Ahora cuéntale algo sobre los juegos.

---

24 *Laughing* (hilaridad, risa), está por *Latin* (latín), y *Grief* (pesar, pena), por *Greek* (griego). (N. del T.)

25 *Lessons* (lecciones) y *lessen* (acortar, abreviar) son términos homofónicos en inglés. *That's the reason they're called lessons: because they lessen from day to day,* cuya traducción textual es: «Por esa razón se las llama lecciones, porque disminuyen de día en día». (N. del T.)

CAPÍTULO X

LA CONTRADANZA DEL BOGAVANTE

La Tortuga Artificial lanzó un profundo suspiro y se pasó el dorso de una aleta por los ojos. Miró a Alicia e intentó hablar, pero durante uno o dos minutos los sollozos ahogaron su voz: —Como si se le hubiera atragantado un hueso —dijo el Grifo; y empezó a sacudirla y a darle palmadas en la espalda. Por fin la Tortuga Artificial recuperó la voz, y con las lágrimas corriéndole por las mejillas continuó:

—No debes haber vivido mucho bajo el mar... («Desde luego que no», dijo Alicia)..., y quizá nunca te presentaron un bogavante... (Alicia empezó a decir: «Una vez probé...», pero se contuvo rápidamente y dijo: «No, nunca»)... por eso no puedes hacerte ni la más remota idea de lo divertida que es una Contradanza de Bogavantes.

—La verdad es que no —dijo Alicia—. ¿Qué clase de baile es ese?

—Bueno —dijo el Grifo—, primero te pones en una hilera a lo largo de la orilla...

—Dos hileras —gritó la Tortuga Artificial—; focas, tortugas, salmones, etcétera; luego, una vez que has barrido todas las medusas del sitio...

—*Cosa* que a veces suele llevar bastante tiempo —interrumpió el Grifo.

—... avanzas dos pasos.

—¡Cada uno con un bogavante por pareja! —exclamó el Grifo.

—... Por supuesto —dijo la Tortuga Artificial—, avanzas dos pasos, se forman las parejas...

—Cambio de bogavantes, y te retiras en el mismo orden —siguió el Grifo.

—Luego, ¿sabes? —prosiguió la Tortuga Artificial—, lanzas los...

—¡Los bogavantes! —gritó el Grifo, dando un brinco en el aire.

—... al mar, lo más lejos que puedas.

—¡Y a nadar tras ellos! —chilló el Grifo.

—Luego vuelves hacia tierra, y así termina la primera figura —dijo la Tortuga Artificial bajando repentinamente la voz; y los dos animales, que habían estado dando saltos como locos durante todo ese rato, volvieron a sentarse con aire triste y tranquilo, y miraron a Alicia.

—Debe de ser un baile muy bonito —dijo Alicia tímidamente.

—¿Te gustaría ver un poco? —preguntó la Tortuga Artificial.

—Mucho, de veras —contestó Alicia.

—Venga, probemos con la primera figura —le dijo la Tortuga Artificial al Grifo—. Podemos hacerlo sin bogavantes, ¿sabes? ¿Quién de los dos canta?

—Canta *tú* —dijo el Grifo—. A mí se me ha olvidado la letra.

Y empezaron a bailar solemnemente, dando vueltas y más vueltas alrededor de Alicia, pisándole los pies cada vez que pasaban demasiado cerca, y llevando el compás con sus patas delanteras mientras la Tortuga Artificial cantaba triste y lentamente:

«¿Quieres correr más?», dijo una pescadilla a un caracol.
Viene detrás un delfín, que en la cola me ha pisado.
Mira las tortugas y langostas, que rápidas avanzan
y llegan a la playa: ¿Quieres unirte a la danza?

Sí, no, sí, no, ¿quieres unirte a la danza?
No, sí, no, sí, ¿no quieres unirte a la danza?

«Ni imaginar puedes lo delicioso que ha de resultar
cuando te cojan y lancen, con bogavantes, al mar.»

Mas contestó el caracol: «¡Demasiado lejos!». Y miró de refilón
diciendo que muchas gracias, pero al baile no se unió.

No quería, no podía, no quería, no podía, no quería unirse a la danza.
No quería, no podía, no quería, no podía, no podía unirse a la danza.

«¡Qué importa lo lejos que sea!», contestó su escamosa amiga.
«¿No sabes que otra playa hay también en la otra orilla?
Cuanto más lejos de Inglaterra, más cerca de Francia estarás.
Querido caracol, no temas, y con nosotros únete a la danza.

Sí, no, sí, no, ¿quieres con nosotros unirte a la danza?
No, sí, no, sí, ¿no quieres unirte a la danza?»

—Gracias, es un baile muy interesante de contemplar —dijo Alicia, contenta de que por fin hubiera terminado—; y también me ha gustado mucho esa curiosa canción de la pescadilla.

—Ah, las pescadillas —dijo la Tortuga Artificial—, son... ¿las habrás visto, naturalmente?

—Sí —dijo Alicia—, las he visto a menudo en la cen... —y se calló de repente.

—No sé dónde puede estar eso de *cen* —dijo la Tortuga Artificial—, pero si las has visto con tanta frecuencia sabrás desde luego cómo son.

—Creo que sí —replicó Alicia pensativa—. Tienen la cola en la boca... y están cubiertas de pan rallado.

—Te equivocas en lo del pan rallado —dijo la Tortuga Artificial—; el pan rallado desaparecería con el agua del mar. Pero sí tienen las colas en la boca; y es porque... —en ese momento la Tortuga Artificial bostezó y cerró los ojos—. Cuéntale tú el porqué y todo eso —le dijo al Grifo.

—Es porque también *quisieron* ir a bailar con los bogavantes. Por eso las arrojaron al mar. Y su caída duró mucho tiempo. Por eso se agarraron firmemente la cola con la boca. Y por eso luego no pudieron soltarla. Eso es todo...

—Gracias —dijo Alicia—, es muy interesante. Antes nunca supe tantas cosas sobre las pescadillas.

—Si quieres, puedo contarte muchas más —dijo el Grifo—. ¿Sabes por qué se llaman pescadillas?

—Nunca se me había ocurrido pensarlo —dijo Alicia—. ¿Por qué?

—*Tiene que ver con botas y zapatos* —replicó el Grifo muy solemne.

Alicia quedó muy desconcertada: «¡Con botas y zapatos!», repetía atónita.

—Vamos a ver, ¿con qué limpian *tus* zapatos? —dijo el Grifo—. Quiero decir que cómo les sacan tanto brillo.

Alicia se miró los zapatos y pensó un poco antes de responder: —Creo que se limpian con negro de betún.

—Pues debajo del mar —continuó el Grifo con voz solemne— botas y zapatos se limpian con blanco de pescadilla[26]. Ahora ya lo sabes.

—¿Y de qué está hecho? —preguntó Alicia en tono de gran curiosidad.

—De lenguados y anguilas[27], por supuesto —replicó el Grifo algo impaciente—; cualquier quisquilla lo sabe y podría decírtelo.

—Si yo hubiera sido la pescadilla —dijo Alicia, que todavía estaba dándole vueltas a la canción—, le habría dicho al delfín: «¡Haz el favor de marcharte! No *te* queremos con nosotras».

—Estaban obligadas a llevarle con ellas —dijo la Tortuga Artificial—; ¡ningún pez sensato va a ninguna parte sin un delfín!

—¿De veras? —dijo Alicia en tono de gran sorpresa.

—Claro —dijo la Tortuga Artificial—, porque si un pez viene a *verme* y me dice que sale de viaje, yo le preguntaría—: «¿Con qué delfín?».

—¿No querrás decir «Con qué fin»?[28] —preguntó Alicia.

—Quiero decir lo que digo —replicó la Tortuga Artificial en tono ofendido. Y el Grifo añadió—: A ver, oigamos ahora alguna de *tus* aventuras.

—Podría contar mis aventuras..., empezando por esta mañana —dijo Alicia con cierta timidez—; no merece la pena empezar desde ayer, porque entonces yo era una persona distinta.

—Explícanos todo eso —dijo la Tortuga Artificial.

—¡No y no! Las aventuras primero —dijo el Grifo impaciente—; con las explicaciones se tarda siempre un tiempo espantoso.

---

26 *Whiting* (opuesto a *blacking:* «betún, negro de betún»), además de «pescadilla», significa en inglés «blanco de España», que explica el juego de Carroll. (N. del T.)

27 *Soles and eels:* nuevo equívoco. *Sole,* además de «lenguado», significa «suela»; *eel* (anguila), se pronuncia, sin la aspiración de la *h,* de modo semejante a *heel* (talón). Valga la nota para esa imposible traducción resuelta mediante la versión literal, que aquí quiere oficiar de disparate. (N. del T.)

28 Nuevo juego gracias a la homofonía de *porpoise* (marsopa, que aquí y en el poema anterior, traduzco por «delfín») con *purpose* (fin, objetivo). (N. del T.)

De modo que Alicia empezó a contarles sus aventuras desde el momento en que vio por primera vez al Conejo Blanco. Al principio se puso algo nerviosa porque aquellos dos bichos se le acercaban mucho, uno por cada lado, y abrían los ojos y las bocas de un modo *enorme,* pero fue cobrando ánimo a medida que hablaba. Sus oyentes estuvieron muy tranquilos hasta que llegó a la parte en que le recitaba: Viejo está, padre Guillermo a la Oruga, y las palabras le salieron todas al revés; entonces la Tortuga Artificial respiró profundamente y dijo: —¡Qué curioso!

—Sí, es lo más curioso del mundo —dijo el Grifo.

—Le salía todo diferente —repitió la Tortuga Artificial pensativa—. Me gustaría que lo intentase ahora y que nos recite algo. Dile que empiece —y miró al Grifo como si creyera que este tenía algún tipo de autoridad sobre Alicia.

—Ponte de pie y recita Es la voz del haragán —dijo el Grifo.

«Estos animales no hacen más que dar órdenes y obligarte a repetir las lecciones —pensó Alicia—. Igual que si estuviera en la escuela.» Sin embargo, se puso de pie y empezó a recitar; pero tenía la cabeza todavía tan invadida por la Contradanza de los Bogavantes que apenas si se daba cuenta de lo que estaba diciendo; y la letra resultaba muy rara.

Es la voz del bogavante; la he oído declarar:
«Muy morena me has tostado, debo mi pelo endulzar».
Lo que un pato con los párpados, hace él con la nariz,
pues se ajusta los botones y también el cinturón,
y con la nariz los dedos endereza en los zapatos.
Cuando la arena está seca, alegre como un pinzón,
de los escualos habla en despectivo tono;
mas cuando la marea sube y está cerca el tiburón
su voz devuelve un tímido y estremecido son.

—Es distinto de lo que *yo* solía recitar cuando era niño —dijo el Grifo.

—Bueno, *yo* nunca lo había oído antes —dijo la Tortuga Artificial—, pero suena a disparate a una legua.

Alicia no dijo nada; se había sentado con la cara entre las manos preguntándose si *alguna vez* volverá a ocurrirle algo normal.

—Me gustaría que me la explicasen —dijo la Tortuga Artificial.

—No puede explicarla —dijo el Grifo rápidamente—. Continúa con los siguientes versos.

—Pero ¿y eso de los dedos? —insistió la Tortuga Artificial—. ¿Sabes cómo *podía* enderezarlos con la nariz?

—Es la primera posición del baile —dijo Alicia; pero estaba totalmente desconcertada, y deseaba cambiar de tema de conversación.

—Continúa con los versos siguientes —repitió el Grifo impaciente—; empiezan así: «Yo pasé por su jardín».

Alicia no se atrevió a desobedecer, aunque estaba segura de que todo le saldría mal, y continuó con voz temblorosa:

> Yo pasé por su jardín, y con un ojo contemplé
> al Búho y a la Pantera repartirse un gran pastel.
> La Pantera cortezas, migas y carne comió
> mientras el Búho tuvo por plato la fuente.
> Acabado todo el pastel, al Búho por gran favor,
> amablemente permitieron quedarse con la cuchara,
> mientras gruñendo la Pantera recibía cuchillo y tenedor,
> y así el banquete acabó.

—¿De qué sirve recitar toda esa cháchara —interrumpió la Tortuga Artificial—, si no explicas lo que vas diciendo? Es la cosa más confusa que nunca he oído en mi vida.

—Sí, creo que es mejor que lo dejes —dijo el Grifo. Y Alicia quedó encantada haciéndolo.

—¿Por qué no probamos a bailar otra figura de la Contradanza del Bogavante? —continuó el Grifo—. ¿O prefieres que la Tortuga Artificial te cante una canción?

—Sí, sí, una canción, por favor, si la Tortuga Artificial es tan amable —contestó Alicia, con tal ansiedad que el Grifo dijo en tono algo ofendido:

—¡Hum! Cuestión de gustos. ¿Y si le cantas *Sopa de Tortuga,* vieja?

La Tortuga Artificial suspiró profundamente y empezó a cantar con voz entrecortada a veces por sollozos:

¡Hermosa sopa, tan rica y verde
Que espera en la olla caliente!
¿Quién por tal manjar no moriría?
¡Sopa de la noche, hermosa Sopa!
¡Sopa de la noche, hermosa Sopa!

¡Hermooooosa Soooo-pa!
¡Hermooooosa Soooo-pa!
¡Soooo-pa deeeeee la noooooche!
¡Hermosa, hermosa Sopa!

Hermosa Sopa, ¿quién quiere pescado,
ave o cualquier otro bocado?
¿Quién todo no daría por dos cucharadas
solo de Hermosa Sopa?
¿Solo de Hermosa Sopa?

¡Hermooooosa Soooooopa!
¡Hermooooosa Soooooopa!
¡Soooopa deeeeee la Nooooche!
¡Hermosa, hermosa Sopa!

—A repetir el estribillo —chilló el Grifo, y no había hecho la Tortuga Artificial más que empezar a repetirlo cuando a lo lejos se oyó el grito de «Comienza el juicio».

—Vamos —gritó el Grifo, y agarrando a Alicia de la mano echó a correr sin aguardar al final de la canción.

—¿Qué juicio es ese? —jadeó Alicia, mientras corría. Pero el Grifo solo contestó:

—Vamos —y corrió más deprisa todavía, mientras, cada vez con menos fuerza, les llegaban, traídas por la brisa que los seguía, las melancólicas palabras:

¡Soooopa deeeeee la Nooooche!
¡Hermosa, hermosa Sopa!

Capítulo XI

¿QUIÉN ROBÓ LAS TARTAS?

uando el Grifo y Alicia llegaron, el Rey y la Reina de Corazones estaban sentados en su trono, rodeados por una gran multitud formada a su alrededor: toda clase de pajarillos y animalejos, así como un mazo completo de cartas: la Sota estaba de pie delante de ellos, encadenada, con un soldado a cada lado custodiándola; y junto al Rey estaba el Conejo Blanco, con una trompeta en una mano y un rollo de pergamino en la otra. En el centro mismo de la sala del Tribunal había una mesa, con una gran fuente de tartas: parecían tan ricas que con solo mirarlas a Alicia se le hizo la boca agua. «A ver si acaba pronto el juicio —pensó— y pasan al refrigerio.» Pero no parecía demasiado probable, así que se puso a mirar lo que había a su alrededor para matar el tiempo.

Nunca hasta entonces había estado Alicia en un tribunal, pero había leído sobre ellos, y se sentía muy contenta al comprobar que conocía el nombre de cada cosa: «El juez es ese —se dijo—, porque lleva esa peluca tan larga».

El juez, dicho sea de paso, era el Rey. Como se había puesto la corona encima de la peluca (mirad el dibujo de la portadilla si queréis ver cómo la llevaba), no parecía sentirse demasiado cómodo, y desde luego no le sentaba bien.

«Y eso es el estrado del jurado —pensó Alicia—, y esas 12 criaturas (se veía obligada a llamarlas "criaturas", porque unos eran animales, y otros pájaros) supongo que son los jurados.» Se repitió esta última palabra para sus adentros, llena de orgullo, porque pensó, y con sobrada razón, que pocas niñitas de su edad conocían el significado de todo aquello. Aunque quizá le hubiera bastado con decir «jueces».

Los 12 jurados estaban escribiendo muy atareados en sus pizarras.

—¿Qué están haciendo? —le susurró Alicia al Grifo—. Antes de que el juicio empiece no deben de tener nada que anotar.

—Están apuntando sus nombres —le contestó también en un susurro el Grifo—, por miedo a que se les olviden antes de que acabe el juicio.

—¡Qué estúpidos! —empezó a decir Alicia en voz alta, muy indignada, pero se detuvo inmediatamente porque el Conejo Blanco chilló: «¡Silencio en la sala!» y el Rey se puso las gafas y miró ansiosamente a todas partes para descubrir quién estaba hablando.

Alicia pudo ver, tan bien como si estuviese mirando por encima de sus hombros, que todos los jurados escribían: «¡Qué estúpidos!» en sus pizarras; e incluso pudo darse cuenta de que no sabían cómo escribir «estúpido» y tenían que pedir al vecino que se lo dijera: «¡Vaya lío que van a armar en las pizarras antes de que acabe el juicio!» —pensó Alicia.

Uno de los jurados escribía con un pizarrín que rechinaba. Alicia, por supuesto, *no* podía soportarlo, de modo que dio la vuelta a la sala y se colocó detrás de él; no tardó en encontrar ocasión para quitárselo. Y lo hizo con tal rapidez que el pobrecito jurado (era Bill, el Lagarto) no pudo imaginar siquiera qué había sido de él; por eso, después de buscar por todas partes, tuvo que escribir con un dedo el resto del día; pero no le sirvió de nada, porque el dedo no dejó ninguna marca en la pizarra.

—¡Heraldo! ¡Lee la acusación! —dijo el Rey.

Entonces el Conejo Blanco dio tres toques de trompeta, y luego desenrolló el pergamino leyendo lo siguiente:

La Reina de Corazones hizo unas tartas
todo un día de verano.

La Sota de Corazones ha agarrado las tartas
y se las ha llevado.

—¡Considerad vuestro veredicto! —dijo el Rey al jurado.

—¡Aún no! ¡Aún no! —le interrumpió apresuradamente el Conejo—. Falta mucho para llegar al veredicto.

—Llamad al primer testigo —dijo el Rey, y el Conejo Blanco lanzó tres toques de trompeta y gritó: —¡Primer testigo!

El primer testigo era el Sombrerero. Llegó con una taza de té en la mano y una rebanada de pan con mantequilla en la otra.

—Pido perdón a Vuestra Majestad —empezó diciendo— por venir con esto; pero no había terminado de tomar el té cuando fueron a buscarme.

—Deberías haber terminado —dijo el Rey—. ¿Cuándo empezaste?

El Sombrerero miró a la Liebre, que le había seguido hasta el tribunal del brazo del Lirón. —*Creo* que fue el catorce de marzo —respondió.

—El quince —dijo la Liebre de Marzo.

—El dieciséis —dijo el Lirón.

—Anotad eso —dijo el Rey; y el jurado se apresuró a escribir las tres fechas en sus pizarras, las sumaron y redujeron el total a chelines y peniques.

—Quítate el sombrero —le ordenó el Rey al Sombrerero.

—No es mío —dijo el Sombrerero.

—¡*Robado!* —exclamó el Rey, volviéndose hacia el jurado, que anotó inmediatamente el hecho.

—Los tengo para venderlos —añadió el Sombrerero a modo de explicación—. Ninguno es de mi propiedad. Soy sombrerero.

En ese momento la Reina se puso las gafas y empezó a mirar fijamente al Sombrerero, que se puso pálido y empezó a temblar.

—Haz tu declaración —dijo el Rey—, y no te pongas nervioso o mando que te ejecuten en un santiamén.

No parecieron animar mucho al testigo estas palabras: se balanceaba descansando el cuerpo tanto en un pie como en otro y mirando intranquilo a la Reina; en medio de su confusión le dio un buen mordisco a la taza de té en vez de morder el pan con mantequilla.

Precisamente en ese momento Alicia sintió una extraña sensación que la mantuvo aturdida un buen rato, hasta que comprendió lo que ocurría: estaba empezando a crecer de nuevo; al principio pensó que lo mejor sería levantarse y abandonar la sala, pero le pareció mejor quedarse donde estaba mientras cupiese en la habitación.

—A ver si no empujas tanto —le dijo el Lirón, que estaba sentado a su lado—. Casi no puedo respirar.

—No puedo remediarlo —dijo Alicia muy modosa—. Estoy creciendo.

—No tienes derecho a crecer *aquí* —dijo el Lirón.

—No digas tonterías —replicó Alicia con mayor audacia—, sabes de sobra que también tú estás creciendo.

—Sí, pero yo crezco a un ritmo razonable —dijo el Lirón—, y no de esa manera ridícula —y, levantándose enfurruñado, cruzó al otro lado de la sala.

Durante todo este rato la Reina no le había quitado ojo al Sombrerero y, precisamente en el momento en que el Lirón cruzaba la sala, le dijo a uno de los oficiales del tribunal: —¡Tráeme la lista de los cantantes del último concierto!, —ante lo cual el desventurado Sombrerero empezó a temblar de tal modo que los pies se le salieron de los zapatos.

—Haz tu declaración —repitió irritado el Rey— o haré que te ejecuten, estés nervioso o no.

—Soy un pobre hombre, Majestad —empezó a decir el Sombrerero con voz temblorosa—, y aún no había empezado a tomar mi té…, hace una semana poco más o menos…, y como las rebanadas de pan con mantequilla son tan delgadas… y las titilaciones del té…

—¿Las titilaciones de *qué*? —dijo el Rey.

—Eso empezaba con té —replicó el Sombrerero.

—Por supuesto que titilaciones empieza con T —dijo el Rey en tono muy severo—. ¿Me tomas acaso por imbécil? ¡Sigue!

—Soy un pobre hombre —prosiguió el Sombrerero—, y muchas cosas titilaban después de que… solo que la Liebre de Marzo dijo…

—Yo no dije —se apresuró a interrumpir la Liebre de Marzo.

—Sí dijiste —dijo el Sombrerero.

—Lo niego —dijo la Liebre de Marzo.

—Lo niega —dijo el Rey—, que no conste.

—Bueno, en cualquier caso, el Lirón dijo... —continuó el Sombrerero mirando preocupado a su alrededor para ver si también el Lirón negaba; pero el Lirón no negó nada, porque se había quedado profundamente dormido.

—Después —continuó el Sombrerero—, corté un poco más de pan con mantequilla.

—Pero ¿qué dijo el Lirón? —preguntó uno del jurado.

—Eso no puedo recordarlo —respondió el Sombrerero.

—*Debes* recordar —observó el Rey— o haré que te ejecuten.

El desventurado Sombrerero dejó caer su taza de té y la rebanada y puso una rodilla en tierra. —Soy un pobre hombre, Majestad —empezó a decir.

—Lo que sí eres es un pobrísimo orador —dijo el Rey.

En ese momento, uno de los conejillos de Indias aplaudió e, inmediatamente, fue acallado por los ujieres del tribunal. (Como la palabra acallar es bastante fuerte, os explicaré cómo lo hicieron: llevaban una gran bolsa de lona, cuya boca se cerraba con una cuerda; metieron en ella de cabeza al conejillo de Indias y luego se sentaron encima.)

«Cuánto me alegro de haberlo visto —pensó Alicia—. He leído con mucha frecuencia en los periódicos, al final de los juicios: "Hubo algunos intentos de aplausos que inmediatamente fueron acallados por los ujieres del tribunal", pero hasta ahora nunca comprendí lo que significaba.»

—Si eso es todo lo que sabes del asunto, puedes bajar —continuó el Rey.

—No puedo bajar más —dijo el Sombrerero—, ya tengo los pies en el suelo.

—Entonces puedes *sentarte* —replicó el Rey.

En ese momento, otro conejillo de Indias aplaudió, y fue acallado.

«Vaya, con eso se acaban los conejillos de Indias —pensó Alicia—. Así estaremos mejor.»

—Me gustaría terminar mi té —dijo el Sombrerero, con una inquieta mirada hacia la Reina, que estaba leyendo la lista de cantantes.

—Puedes irte —dijo el Rey, y el Sombrerero se apresuró a irse a toda prisa de la sala, sin entretenerse siquiera en ponerse sus zapatos.

—... Y al salir que le corten la cabeza —añadió la Reina, dirigiéndose a uno de los ujieres; pero el Sombrerero ya se había perdido de vista antes de que el oficial pudiese alcanzar la puerta.

—Llamad al siguiente testigo —dijo el Rey.

El siguiente testigo era la cocinera de la Duquesa. Llevaba el bote de la pimienta en la mano, y Alicia adivinó quién era antes de que entrara en la sala por la forma en que empezaron a estornudar todos los que se encontraban junto a la puerta.

—Presta declaración —dijo el Rey.

—No quiero —dijo la cocinera.

El Rey miró preocupado hacia el Conejo Blanco, que dijo en voz baja:
—Su Majestad debe hacer un interrogatorio a este testigo.

—Bueno, si hay que hacerlo, lo haré —dijo el Rey en tono melancólico; y después de cruzarse de brazos y fruncir el ceño hasta que sus ojos apenas se veían, dijo con voz profunda—: ¿De qué están hechas las tartas?

—De pimienta sobre todo —dijo la cocinera.

—De melaza —dijo una voz soñolienta a su espalda.

—Detened a ese Lirón —chilló la reina—. ¡Decapitad a ese Lirón! ¡Que saquen al Lirón de la sala! ¡Que lo supriman! ¡Que le pellizquen! ¡Que le corten los bigotes!

Durante unos minutos reinó la confusión por toda la sala, mientras intentaban echar al Lirón; y cuando todos volvieron a sentarse en sus puestos, la cocinera había desaparecido.

—¡No importa! —dijo el Rey con aire de gran alivio—. ¡Llamad al siguiente testigo! —y añadió en voz baja para la Reina—: Realmente, querida, eres *tú* quien debe interrogar al siguiente testigo. A mí estas cosas me dan dolor de cabeza.

Alicia observó al Conejo Blanco mientras este buscaba en su lista, y sintió gran curiosidad por ver quién sería el siguiente testigo..., «porque *hasta ahora*, no son muchas las pruebas que han conseguido», se dijo. Imaginad su sorpresa cuando el Conejo Blanco, alzando cuanto pudo su vocecita chillona, leyó el nombre de «¡Alicia!».

CAPÍTULO XII

EL TESTIMONIO DE ALICIA

—¡Presente! —gritó Alicia, olvidándose por completo, en la agitación del momento, de lo mucho que había crecido en los últimos minutos; se levantó de una manera tan brusca que con el borde de su falda derribó todo el estrado del jurado, volcando a los jueces de cabeza sobre el público que había debajo y que empezó a agitarse desesperadamente; por el modo en que se movían, Alicia recordó la pecera de peces de colores que la semana anterior ella misma había derribado accidentalmente.

—¡Ay! Les ruego que me perdonen —exclamó en tono de gran consternación; y se puso a recogerlos con la mayor rapidez que pudo, porque el accidente de los peces de colores seguía dando vueltas en su cabeza y tenía la vaga idea de que había que recogerlos cuanto antes y ponerlos de nuevo en el estrado, o si no se morirían.

—El juicio no puede continuar —dijo el Rey con voz severísima— hasta que los jueces estén en sus puestos..., *todos* —repitió con gran énfasis, clavando los ojos con dureza en Alicia mientras lo decía.

Alicia miró al estrado y vio que, en su prisa, había puesto al Lagarto boca abajo, y que el pobre animal agitaba melancólicamente la cola porque era incapaz de moverse por sus propios medios. Lo sacó de allí y lo puso derecho: «No es que importe mucho —pensó para sus adentros—, porque, de pies o de cabeza, no creo que sea de mucha utilidad en el juicio».

Tan pronto como el jurado se recuperó algo del susto, y después de que fueran encontradas y se les entregaran sus pizarras y pizarrines, se pusieron a trabajar afanosamente para escribir la historia del accidente; todos, salvo el Lagarto, que parecía demasiado aturdido para hacer otra cosa que no fuera estar sentado, boquiabierto y con los ojos clavados en el techo de la sala.

—¿Qué sabes de este asunto? —le preguntó el Rey a Alicia.

—Nada —dijo Alicia.

—¿Nada de *nada*? —insistió el Rey.

—Nada de nada —contestó Alicia.

—Eso es muy importante —dijo el Rey, volviéndose hacia el jurado, que estaba empezando a escribir esa frase en sus pizarras cuando el Conejo les interrumpió:

—*In*importante es lo que Su Majestad ha querido decir, naturalmente —dijo en tono respetuoso pero frunciendo el ceño y haciendo muecas mientras hablaba.

—*In*importante, por supuesto, eso es lo que he querido decir —afirmó el Rey acto seguido, y continuó para sus adentros en voz baja: «Importante... inimportante... inimportante... importante...», como si estuviera probando qué sonaba mejor.

Algunos jurados apuntaron importante, otros inimportante. Alicia podía verlo porque estaban lo bastante cerca para mirar sus pizarras. «Pero a mí me importa un bledo», pensó.

En este momento el Rey, que había estado ocupadísimo escribiendo en su libreta de notas, gritó: —¡Silencio! —y leyó lo que había escrito en su libro—: Regla 42: *Toda persona que mida más de una milla de alto deberá abandonar la sala.*

Todos miraron a Alicia.

—Yo no *mido* una milla de alto —dijo Alicia.

—Sí la mides —dijo el Rey.

—Casi dos millas —añadió la Reina.

—Bueno, de cualquier modo no me iré —dijo Alicia—; además, esa regla no vale, acaba de inventársela.

—Es la regla más antigua del libro —dijo el Rey.

—Entonces tendría que ser la Número Uno —dijo Alicia.

El Rey se puso pálido y cerró a todo correr su libreta de notas:

—Considerad vuestro veredicto» —dijo al jurado con voz temblorosa.

—Todavía quedan más pruebas, con la venia de Su Majestad —dijo el Conejo Blanco dando un brinco—: acabamos de descubrir este papel.

—¿Qué es? —preguntó la Reina.

—Aún no lo he abierto —dijo el Conejo Blanco—, pero parece una carta escrita por el prisionero a... a alguien.

—Eso debe ser... —dijo el Rey—, a menos que la hayan escrito a nadie, cosa que no suele hacerse, como todos saben de sobra.

—¿A quién va dirigida? —dijo uno de los jueces.

—No lleva dirección —dijo el Conejo Blanco—. De hecho, por fuera no hay nada escrito. —Desdobló el papel mientras hablaba, y añadió—: Pero no es una carta; son versos.

—¿Son de puño y letra del acusado? —preguntó otro de los jueces.

—No, no lo son —contestó el Conejo Blanco— y eso es lo más sospechoso—. El jurado pareció quedar desconcertado.

—Debe haber imitado la letra de alguna otra persona —dijo el Rey—. El jurado pareció iluminado por un rayo de inteligencia.

—Con la venia de Su Majestad —dijo la Sota—, yo no he escrito eso, y nadie puede probar que lo haya escrito: no hay ninguna firma al final.

—Si no lo has firmado —dijo el Rey—, eso no hace sino empeorar tu situación. *Debes* de tener alguna intención malvada, porque, de lo contrario, habrías firmado con tu nombre, como hacen las personas honradas.

Entonces se produjo un aplauso general: eran las primeras palabras inteligentes que el Rey había dicho en el día.

—Eso *prueba* su culpabilidad —dijo la Reina—, por lo tanto que le corten...

—Eso no prueba nada de nada —dijo Alicia—. ¡Si ni siquiera sabemos qué dicen los versos!

—¡Que los lean! —dijo el Rey.

El Conejo Blanco se puso sus gafas: —Con la venia de Su Majestad, ¿por dónde empiezo? —preguntó.

—Empieza por el empiece —dijo el Rey muy serio—; luego sigues hasta el final, y entonces te paras.

Hubo en la sala un silencio de muerte mientras el Conejo Blanco leía estos versos:

> Me dijeron que con ella estuviste
> y que le hablaste de mí.
> Le gustaba mi carácter aunque dijo
> que no me puedo zambullir.
>
> Que yo no fui les mandó a decir
> (sabemos que es verdad).
> Si ella hubiera insistido,
> ¿qué sería de ti?
>
> Ellos dos, yo una le di.
> Tú nos diste tres o más.
> Todas volvieron de él a ti,
> aunque antes fueran de mi propiedad.
>
> Y si en este caso por un casual
> yo o ella estuviéramos envueltos,
> confía en ti para conseguir,
> como antes, en libertad quedar.
>
> Me parece que tú fuiste
> antes del ataque de ella
> un obstáculo interpuesto
> entre él, nosotros y esto.
>
> Que nunca sepa él que ella las quiere,
> pues siempre será así:
> Que el secreto entre nosotros quede,
> de ti para mí.

—Es la prueba más importante que hemos escuchado —dijo el Rey, frotándose las manos—; ahora les toca a los jurados.

—Si alguno de ellos consigue explicarlo —dijo Alicia (en los últimos minutos había crecido tanto que no temía que nadie la interrumpiese)—, le daré seis peniques. *Yo* no creo que haya una pizca de sentido en eso.

El jurado escribió en sus pizarras: «*Ella* no cree que haya una pizca de sentido en eso», pero ninguno intentó explicar los versos.

—Si no tiene ningún sentido —dijo el Rey—, nos ahorraremos muchas molestias, ¿no os parece? Porque entonces no hay necesidad de que se lo busquemos. Y sin embargo, no sé... —continuó, extendiendo el papel de los versos sobre sus rodillas y mirándolos con un ojo cerrado—, me parece que, después de todo, algún sentido tienen... «*dijo que no me puedo zambullir*»... ¿Puedes zambullirte y nadar? —añadió volviéndose hacia la Sota.

La Sota movió muy triste la cabeza: —¿Parece que puedo?—, dijo. Desde luego no lo parecía, porque estaba hecha por completo de cartulina.

—Pero termina diciendo: «*Todas volvieron de él a ti*» —dijo Alicia.

—¡Claro! ¡Y ahí están! —dijo el Rey en son triunfante, señalando las tartas que había encima de la mesa—. Está todo absolutamente claro. Sigamos. «*Antes del ataque de ella*»... Querida, creo que tú nunca has tenido ataques —le dijo a la Reina.

—Nunca —chilló la Reina furiosa, lanzando un tintero al Lagarto mientras hablaba. (El desventurado y pequeño Bill había dejado de escribir en su pizarra con el dedo al ver que no dejaba ninguna señal; pero en ese momento empezó a escribir a toda prisa utilizando la tinta que le chorreaba por la cara antes de que se quedara seca.)

—Entonces las palabras no *te atacan* a ti[29] —dijo el Rey mirando a la sala con una sonrisa. Había un silencio de muerte.

—He hecho un juego de palabras —añadió el Rey ofendido, y todos se echaron a reír—. Dejemos que el jurado siga con su veredicto —dijo el Rey por vigésima vez por lo menos en el día.

—No, no —dijo la Reina—, la sentencia primero... Luego el veredicto.

---

29 El escaso juego de palabras del Rey, tan soso que nadie se entera, está basado en el término *fit* (ataque, crisis de nervios), y el verbo *to fit* (convenir a, aplicarse a); literalmente, el Rey dice: «las palabras no te conciernen». (N. del T.)

—Absurdo e insensato —dijo Alicia en voz alta—. ¿A quién se le puede ocurrir dar la sentencia primero?

—¡Cierra el pico! —dijo la Reina, enrojeciendo de ira.

—No quiero —dijo Alicia.

—¡Que le corten la cabeza! —chilló a más no poder la Reina. No se movió nadie.

—¿Quién os va a tener miedo? (Mientras tanto, había recuperado su estatura normal.) ¡Pero si no sois más que un mazo de cartas!

Y entonces, el mazo entero de cartas se elevó por los aires y se precipitó volando sobre ella. Alicia dio un gritito medio de miedo, medio de enfado, e intentó rechazarlas; de pronto se encontró tumbada a la orilla del río, con la cabeza en el regazo de su hermana, que dulcemente le apartaba unas hojas secas que le habían caído desde los árboles sobre la cara.

—Despierta, Alicia querida —le dijo su hermana—. ¡Vaya, cuánto rato has dormido!

—¡Ay, qué sueño tan curioso! —dijo Alicia; y le contó a su hermana todo lo que pudo recordar de las extrañas aventuras que acabamos de leer; y cuando terminó, su hermana le dio un beso y le dijo:

—Cierto que ha sido un sueño muy curioso, cariño; pero ahora corre a tomar el té, que llegas tarde—. Alicia se levantó y echó a correr, recordando, mientras corría, lo maravilloso que había sido su sueño.

Pero su hermana permaneció sentada en la misma actitud en que Alicia la había dejado, con la cabeza en la mano, mirando el sol poniente y pensando en la pequeña Alicia y en todas sus maravillosas aventuras, hasta que también ella empezó a soñar a su manera; y este fue su sueño:

Primero soñó con la pequeña Alicia, y una vez más las pequeñas manitas estaban cruzadas sobre sus rodillas, y los brillantes y vivos ojos de la niña miraban los suyos…, llegó a oír incluso los diversos tonos de su voz, y a ver su peculiar gesto de cabeza para apartarse de los ojos unos cabellos errabundos que *siempre* se le venían encima… y, mientras la oía o creía oír, todo el lugar a su alrededor cobró vida con las extrañas criaturas del sueño de su hermanita.

La alta hierba murmuraba a sus pies mientras el Conejo Blanco corría entre ella, el asustado Ratón chapoteaba al cruzar por el estanque vecino…, podía oír el tintineo de las tazas de té cuando la Liebre de Marzo y sus amigos compartían su merienda-de-nunca-acabar, y la voz chillona de la Reina ordenando la ejecución de sus desdichados invitados... Una vez más, el bebé cerdito estornudaba en las rodillas de la Duquesa, mientras fuentes y platos se estrellaban a su alrededor..., y una vez más el graznido del Grifo, el chirrido del pizarrín del Lagarto y el ruido producido por los Conejillos de Indias suprimidos al ser acallados llenaron el aire, mezclándose con los lejanos sollozos de la lamentable Tortuga Artificial.

Sentada así, con los ojos cerrados, se creía casi en el País de las Maravillas, aunque sabía que bastaba con abrirlos de nuevo para que todo volviera a la sosa realidad; la hierba susurraría solo por culpa del viento, y la charca solo se ondularía con el movimiento de los juncos, el tintineo de las tazas de té se convertiría en el de las esquilas de las ovejas, y los agudos gritos de la Reina en la llamada del pastorcillo..., y los estornudos del bebé, el graznido del Grifo y los demás ruidos extraños se convertirían (estaba segura) en el confuso clamor del laborioso corral de la granja, mientras a lo lejos el mugido de los bueyes sustituiría a los apesadumbrados sollozos de la Tortuga Artificial.

Finalmente, imaginó cómo sería aquella hermanita suya con el tiempo, cuando fuera mujer; y cómo conservaría, a lo largo de sus años maduros, el sencillo y cariñoso corazón de su infancia; y cómo reuniría a otros pequeños a su alrededor, y haría que *sus* ojos brillaran y resplandecieran con cuentos extraños, quizá con aquel mismo sueño del País de las Maravillas de tanto tiempo atrás; y cómo sentiría ella las sencillas penas de esos niños; y cómo se alegraría con sus sencillas alegrías, recordando su propia infancia y los felices días del verano.

FIN

ALICIA A TRAVÉS DEL ESPEJO

PREFACIO

DRAMATIS PERSONAE

(tal como se encontraban al principio de la partida)

BLANCAS		ROJAS	
FIGURAS	PEONES	FIGURAS	PEONES
Tweedledee	Margarita	Margarita	Humpty Dumpty
Unicornio	Haigha	Mensajero	Carpintero
Oveja	Ostra	Ostra	Morsa
Reina Blanca	Lily	Azucena	Reina Roja
Rey Blanco	Cervatillo	Rosa	Rey Rojo
Viejo	Ostra	Ostra	Cuervo
Caballo Blanco	Sombrerero	Rana	Caballo Rojo
Tweedledum	Margarita	Margarita	León

Y a que la partida de ajedrez representada en la página anterior ha desconcertado a algunos de mis lectores, es necesario apuntar que las jugadas están correctamente planteadas, al menos en lo que respecta a los movimientos. Hay que añadir también que la alternancia entre Rojas y Blancas quizá no esté tan rigurosamente observada como debería y que cuando hablo de «enroque» me refiero a que alguna de las tres Reinas ha entrado en Palacio. En cuanto a lo demás: el jaque al Rey Blanco en la sexta jugada, la muerte del Caballo Rojo en la séptima y el jaque mate al Rey Rojo, se ajustan fielmente a las reglas del juego, tal como comprobará quien se tome la molestia de colocar las piezas sobre un tablero y realizar los movimientos aquí consignados.

Navidad, 1896

Niña de frente serena
y de ojos soñolientos
pasa muy rápido el tiempo
sobre ti y sobre mí.
Media vida nos separa
pero me pone contento
saber que con este cuento
voy a hacerte sonreír.

No podré ver tu carita
ni escuchar tu risa alegre
y aunque en mí no pienses
yo sí pensaré en ti.
Sé que estará en tus manos
y eso es más que suficiente,
no hay fracaso, con leerme
ya me haces muy feliz.

¿Recuerdas aquella tarde
en que empezó nuestro cuento?
Yo remaba muy contento,
no parabas de reír.
El ritmo de nuestros brazos
hace un eco en el recuerdo
y cada vez que me pierdo
esa imagen sigue allí.

Déjate llevar, no atiendas
a esas melancólicas voces
que como monstruos feroces
quieren llevarte a dormir.
Todos somos niños grandes,
has de saberlo, querida,
y no hay nadie en esta vida
que se quiera despedir.

Afuera, en la calle oscura
queda la nieve y el frío,
pero ahora estoy contigo
en el calor del hogar.
Y si escuchas mis palabras
desde el nido de tu infancia
todo serán más ganancias,
nada te podrá asustar.

No suspires cuando pienses
que los días de verano
se nos fueron de las manos
y se quedaron atrás.
Piensa mejor que el contento
quedó dentro de este cuento
y no hay sol ni mar ni viento
que lo puedan alterar.

Capítulo I

LA CASA DEL ESPEJO

Una cosa estaba clara: el gatito *blanco* no había tenido nada que ver en el asunto. Toda la culpa había sido del gatito negro. La mamá gata llevaba un cuarto de hora lavándole la cara al gatito blanco (cosa que estaba haciendo bastante bien, por cierto), de modo que era imposible que hubiese tenido *algo* que ver en la travesura.

Y es que Dinah tenía una forma muy especial de lavar la cara a sus pequeños: primero los sujetaba contra el suelo poniéndoles la pata sobre una oreja, mientras que con la otra pata les restregaba toda la cara a contrapelo, empezando por la nariz. Justo en el momento en que sucedió todo, Dinah estaba muy ocupada haciéndole la limpieza al gatito blanco, que estaba muy quieto ronroneando tumbado... y que sin duda sentía que todo aquello era por su bien.

Pero al gatito negro le habían hecho la limpieza al mediodía, así que había debido de ser él —mientras Alicia estaba acurrucada en la esquina del enorme sillón, medio hablando consigo misma y medio dormida— el que había estado pasándoselo en grande con un ovillo de lana que ella había intentado enrollar aquella mañana. Lo había hecho rodar de arriba abajo hasta que estuvo totalmente deshecho de nuevo y lo había esparcido por la alfombra hasta hacer de él un gran nudo enmarañado. Ahí seguía aún, en mitad de aquel barullo y persiguiéndose su propia cola.

—¡Oh, gatito malo, gatito malo! —exclamó Alicia levantándolo y dándole un beso para que entendiera que estaba castigado—. ¡Dinah debería enseñarte mejores modales! ¡Deberías hacerlo, Dinah, lo digo en serio!

Las últimas palabras se las dirigió a Dinah en el tono más severo que pudo y reprochándoselo también con la mirada. Luego se subió de nuevo al sillón con el gatito y el ovillo y comenzó a enrollarlo de nuevo, aunque menos rápido que por la mañana, porque no dejó de hablar en todo el proceso, a veces con el gatito, y otras consigo misma. Kitty se sentó recatadamente sobre su rodilla observando el proceso y de vez en cuando levantaba una pata y tocaba el ovillo con delicadeza, como si quisiera dar a entender que le agradaría ayudar, si fuera capaz.

—¿Sabes qué día es mañana, Kitty? —dijo Alicia—. Si hubieses estado esta mañana conmigo junto a la ventana, lo sabrías, pero como Dinah te estaba limpiando en ese momento, no lo puedes saber. Desde la ventana se veía a los chicos llevando palos para las hogueras... ¡Y hacen falta muchísimos palos, Kitty, ni te imaginas! Pero como hacía tanto frío y había nevado tanto, lo han tenido que dejar. No te preocupes, Kitty, que mañana iremos juntas a ver la hoguera.

Y entonces Alicia enrolló un par de vueltas de la lana alrededor del cuello del gatito solo para ver qué tal le quedaba. Aquello desencadenó una pequeña trifulca en la que el ovillo se fue al suelo de nuevo y se desenrolló la mitad del trabajo. Tan pronto como Alicia volvió a sentarse con el gatito otra vez en el sofá continuó diciendo:

—¿Sabes, Kitty? Me he enfadado tanto cuando he visto la travesura que has hecho, que he estado a punto de abrir la ventana y sacarte fuera a la nieve. Y te lo habrías merecido, ¡pequeña traviesa! ¿Qué puedes decir a eso? ¡No, no me interrumpas! —y continuó mientras levantaba un dedo—. Voy a decirte todas las cosas que has hecho mal. Primero: has gemido dos veces mientras Dinah te lavaba la cara esta mañana. No, no puedes negarlo, Kitty: ¡te he oído! ¿Qué dices? —y después, como si fingiera que el gatito le hablaba—, ¿que te ha metido una pata en el ojo? Ah, pues eso es culpa tuya también, por tener los ojos abiertos. No te pasaría nada si los cerraras con mucha fuerza. ¡No, nada de excusas, Kitty! Escúchame, que no he terminado todavía. Segundo: ¡has tirado de la cola de Copo de nieve cuando le he puesto el plato de leche delante! ¿Que tenías sed? ¿Y cómo sabes que ella no la tenía? Y tercero: ¡Has deshecho el ovillo entero aprovechando que yo no estaba mirando!

»Eso suman tres faltas, Kitty, y todavía no has recibido ningún castigo por ninguna de ellas, pero que sepas que estoy acumulando todos tus castigos para el próximo miércoles... ¿Te imaginas que me acumularan *a mí* todos los castigos? —preguntó en voz alta, hablando más consigo misma que con el gatito—. ¿Qué me *harían* al final del año? Supongo que me mandarían a prisión ese día. O... déjame pensar... imagínate que cada castigo fuera quedarme sin cena: entonces, cuando llegara ese día, ¡me quedaría de pronto sin cincuenta cenas! ¡Bueno, tampoco es para tanto! ¡Prefiero mil veces quedarme sin ellas a tener que comérmelas todas!

»¿Oyes la nieve contra los cristales de la ventana, Kitty? ¿Has visto lo dulce y lo suave que suena? Es como si hubiera alguien que estuviera besando la ventana desde fuera. Me pregunto si la nieve *está enamorada* de los árboles y de los campos y por eso los besa con tanta dulzura. Luego les arropa con un edredón blanco y les dice: «dormid, queridos, hasta que llegue el verano». Y cuando se despiertan en verano, Kitty, se visten todos de verde y bailan de un lado a otro cuando sopla el viento... ¡Oh, eso es muy bonito! —exclamó Alicia dejando caer el ovillo para dar una palmada—. ¡Me *encantaría* que fuera verdad! Estoy segura de que los bosques tienen sueño en otoño cuando las hojas se ponen marrones.

»¿Sabes jugar al ajedrez, Kitty? No, no te rías, querida, te lo pregunto en serio, porque cuando estábamos jugando antes, tú mirabas como si entendieras y cuando dije: «¡jaque!»... ¡ronroneaste! Bueno, es que *fue* un buen jaque, Kitty, y podía haber ganado de verdad si no hubiera sido por ese desagradable caballo que llegó galopando entre mis piezas. Kitty, querida, vamos a hacer como si...

Ahora me encantaría contaros aunque fuera la mitad de las cosas que a Alicia le gustaba decir. Una de ellas era aquella, su frase favorita: «vamos a hacer como si...». El día anterior había discutido mucho con su hermana y todo porque Alicia le había dicho: «Vamos a hacer como si fuésemos reyes y reinas». Su hermana, a quien le gustaba ser muy precisa, le aseguró que no podían, porque solo eran dos, y Alicia acabó diciéndole: «Bueno, si quieres *tú* puedes ser una de ellos y yo *seré* todos los demás». Y hasta hubo una vez en que llegó a asustar de verdad a su vieja niñera cuando de pronto le dijo al oído: «¡Niñera! ¡Vamos a hacer como si yo fuera una hiena hambrienta y tú un hueso!». Pero eso ya nos alejaría demasiado de la conversación de Alicia con el gatito.

—¡Vamos a hacer como si tú fueras la Reina Roja, Kitty! Creo que si te sentaras y cruzaras los brazos serías exactamente igual que ella, ¿sabes? ¡Anda, inténtalo, haz el esfuerzo!

Alicia tomó a la Reina Roja de la mesa y la colocó delante del gatito para que pudiera imitar el modelo, pero no tuvo mucho éxito, más que nada (o eso dijo Alicia) porque el gatito no era capaz de cruzar bien los brazos. Así que, para castigarlo, lo sostuvo en alto y lo puso delante del espejo para que pudiera ver la torpe figura que hacía.

—... Si no lo haces bien enseguida —añadió— te encerraré en la Casa al otro lado del espejo. ¿Te gustaría *eso?* Mira, Kitty, si me escuchas y no me interrumpes constantemente, te contaré todo lo que sé sobre la Casa al otro lado del espejo. Lo primero de todo, mira bien esa habitación que está en el espejo... es exactamente igual que nuestro salón, solo que las cosas están al revés. Si me subo a una silla la puedo ver entera... todo menos la parte que está detrás de la chimenea. ¡Y no sabes lo que me gustaría ver *esa* parte! Me encantaría saber si la encienden en invierno, pero no lo puedo saber, a no ser que salga humo de la nuestra y entonces ya sé que sale humo de la otra habitación también... aunque puede que solo lo finjan para que pensemos que ellos también tienen fuego. Luego, los libros son como nuestros libros, pero las palabras están escritas al revés. *Eso* lo sé porque una vez puse uno de nuestros libros frente al espejo y ellos pusieron el mismo al otro lado.

»¿Te gustaría vivir en la Casa del espejo, Kitty? Me pregunto si te darían leche allí. A lo mejor la leche del espejo no se puede beber... ¡Pero mira,

Kitty!, también tienen un pasillo. Se puede ver un poquito del pasillo de la Casa del espejo si dejas la puerta de nuestro salón abierta por completo: y es muy parecido a nuestro pasillo por lo que puedes ver, aunque es posible que sea diferente más allá. ¡Oh, Kitty, qué divertido si pudiéramos cruzar a la Casa del espejo! ¡Estoy segura de que allí hay cosas preciosas! Vamos a hacer como si pudiésemos llegar hasta allí de alguna manera, vamos a hacer como si el cristal se hubiera vuelto suave como una gasa y pudiésemos atravesarlo. ¡Mira, si hasta se está convirtiendo en una especie de vaho! Así va a ser muy fácil cruzar...

Alicia estaba subida a la repisa de la chimenea mientras hablaba, aunque apenas sabía cómo había llegado hasta allí. Y era verdad: el cristal estaba empezando a desvanecerse, igual que una brillante bruma plateada.

Un segundo después Alicia atravesó el cristal y, tras un pequeño salto, entró en la habitación del espejo. Lo primero que hizo fue mirar si había fuego en la chimenea, y se alegró mucho al encontrarse con uno que ardía tan intensamente como el que había dejado atrás. «Así que aquí podré estar igual de calentita que en la antigua habitación —pensó—; incluso más todavía, porque no habrá nadie que me regañe por acercarme tanto. ¡Oh, qué divertido será cuando me vean a través del cristal y no puedan llegar hasta mí!»

Empezó a mirar entonces a su alrededor y se dio cuenta de que lo que se veía de la antigua habitación era bastante normal y aburrido pero que el resto de las cosas no podían ser más diferentes. Por ejemplo, los cuadros de la pared junto a la chimenea parecían estar vivos y el reloj que estaba sobre la chimenea (solo se podía ver la parte de atrás en el espejo) tenía la cara de un hombre mayor y le sonreía.

«Esta habitación no está tan ordenada como la otra», pensó Alicia, y hasta le pareció ver algunas de las figuras de ajedrez junto a la chimenea entre las cenizas. Con una exclamación de sorpresa, se puso de rodillas y apoyándose en las manos las observó. ¡Las piezas se paseaban de dos en dos!

—Ahí están el Rey Rojo y la Reina Roja —susurró Alicia con miedo de asustarlos—, y sentados al borde de una pala están el Rey Blanco y la Reina Blanca... y las dos Torres, que caminan del brazo... no creo que puedan

oírme —continuó mientras acercaba la cabeza—, y estoy casi segura de que tampoco pueden verme. Me siento como si me hubiera vuelto invisible...

En ese momento algo empezó a gemir sobre la mesa detrás de Alicia, e hizo que volviera la cabeza. Era uno de los pequeños Peones Blancos dando paraditas. Alicia se quedó observándole con mucha curiosidad, no quería perderse nada de lo que pasara.

—¡Es la voz de mi hijo! —gritó la Reina Blanca, y en su apresuramiento empujó al Rey con tanta fuerza que le hizo caer sobre las cenizas—. ¡Mi querida Lily! ¡Mi cachorro imperial! —gritó mientras trepaba como loca por el guardafuegos.

—¡Qué imperial ni qué imperial! ¡Mis imperiales narices! —dijo el Rey, que se había golpeado la nariz en la caída. Y la verdad era que tenía derecho a estar un *poco* molesto con la Reina porque estaba cubierto de ceniza de la cabeza a los pies.

Alicia estaba deseando ser de ayuda y, como parecía que a la pobre y pequeña Lily iba a darle un ataque, se apresuró a levantar a la Reina y ponerla sobre la mesa junto a su ruidosa hija.

La Reina jadeó y se sentó: el rapidísimo viaje por el aire la había dejado sin aliento y durante unos minutos no pudo hacer más que abrazar a la pequeña Lily en silencio. Tan pronto como hubo recobrado la respiración, llamó a voces al Rey Blanco que estaba sentado sobre las cenizas del mal humor.

—¡Cuidado con el volcán!

—¿Qué volcán? —preguntó el Rey, mirando inquieto hacia el fuego como si pensara que lo encontraría en aquel lugar.

—Me ha... lanzado... volando —jadeó la Reina que todavía seguía sin aliento—. ¡Ten cuidado al subir... por el camino de siempre... no vayas a salir volando!

Alicia observó cómo el Rey subía despacio y con dificultad por la rejilla hasta que por fin le dijo:

—Al ritmo que lleva va a tardar usted horas en subir hasta la mesa. ¿No cree que será mejor que le ayude?

Pero el Rey no prestó ninguna atención a la pregunta, lo que hacía que estuviera bastante claro que no podía verla ni oírla.

Alicia lo tomó con cuidado y lo levantó más despacio de lo que lo había hecho con la Reina para no dejarle sin respiración, pero antes de depositarlo en la mesa pensó que quizá le podría quitar un poco el polvo porque estaba completamente cubierto de ceniza.

Tiempo después, cuando Alicia contaba aquella escena, comentó que nunca en su vida había visto una cara como la que puso el Rey cuando se vio en el aire sujeto por una mano invisible que además le sacudía el polvo. Parecía demasiado asombrado como para poder gritar, pero sus ojos y su boca se hacían cada vez más grandes. A Alicia la mano le temblaba tanto por la risa que casi se le cayó al suelo.

—¡Oh, por favor, no ponga usted esas caras! —exclamó olvidando por completo que el Rey no podía oírla—. ¡Me hace tanta gracia que apenas le puedo sostener! Y cierre la boca o se le meterá dentro toda la ceniza... ¡ya está, ahora creo que está más limpio! —añadió mientras le alisaba el pelo y lo dejaba junto a la Reina sobre la mesa.

El Rey se cayó de espaldas y permaneció tumbado e inmóvil tanto tiempo que Alicia se alarmó un poco y buscó por la habitación algo de agua para echársela encima, pero no encontró más que un tintero y cuando regresó con él vio que se había recuperado. El Rey y la Reina susurraban asustados en voz tan baja que Alicia apenas pudo oírles. El Rey decía:

—¡Te lo aseguro, querida, se me han helado hasta las patillas!

A lo que la Reina contestó:

—Pero si tú no tienes patillas...

—¡No olvidaré nunca el miedo que he pasado —exclamó el Rey—, nunca, *nunca*!

—Pues se te olvidará —dijo la Reina—, a no ser que te lo apuntes.

Alicia observó con gran interés cómo el Rey sacó un enorme cuaderno de notas de su bolsillo y empezó a escribir. De pronto tuvo una ocurrencia y agarró el extremo del lápiz que sobresalía por encima del hombro del Rey y empezó a escribir por él.

El pobre Rey se quedó perplejo y desanimado, trató de luchar contra su propio lápiz un rato sin decir nada, pero Alicia era mucho más fuerte que él y al final resopló:

—¡Querida, debería comprarme un lápiz más fino! No consigo hacerme con este; escribe un montón de cosas que no quiero decir...

—A ver, ¿qué tipo de cosas? —preguntó la Reina mientras miraba el cuaderno en el que Alicia había escrito «El Caballo Blanco se desliza por el atizador. Mantiene mal el equilibrio»—. ¡Pero si esto no es nada que *tú* hayas pensado!

Sobre la mesa que quedaba junto a ella había un libro, así que lo abrió para curiosear. «Todo esto está escrito en un idioma que no conozco», pensó mientras observaba al Rey Blanco (porque seguía preocupada por él y tenía el tintero preparado por si se desmayaba otra vez), el libro decía lo siguiente:

EL JABBERWOCKY
Cuando los bejones cafaban, pesquían,
llaía la tarde en la montananza
por mares y ríos y solarenías
con sus górobes negros y sus cochinanzas.

Estuvo dándole vueltas un rato pero al final tuvo una brillante idea.

—¡Claro, es un libro del espejo! Si lo pongo delante del cristal las palabras se verán del derecho otra vez.

Este era el poema que leyó Alicia.

EL JABBERWOCKY
Cuando los bejones cafaban, pesquían,
llaía la tarde en la montananza
por mares y ríos y solarenías
con sus górobes negros y sus cochinanzas.
Cuídate, hijo mío, del Jabberwocky
pues tiene garras y dientes muy fieros
y más todavía del pájaro Creps
porque ese es capaz de comerte entero.

El niño valiente agarró su espada
y al monstruo bromiendo persiguió un buen rato
luego se cansó de la solinata
y se echó una siesta debajo de un flaco.

El Jabberwocky muy pillo le estaba esperando
y se acercó bramando, trolando y brujendo
y todo aquel bosque de hojas de acanto
tembló acalorado y reburbuñendo.

¡Un, dos! ¡Un, dos! Le dio con la espada
unas veces rápido y otras veces lento
cortó la cabeza de la bestia parda
y volvió a su casa requetecontento.

¿En serio has matado al Jabberwocky?
Deja que te abrace, niño esplendorado,
¡Yupi, reyupi, yupi, yeyé!
Deja que te abrace, que te lo has ganado.

Cuando los bejones cafaban, pesquían,
llaía la tarde en la montananza
por mares y ríos y solarenías
con sus górobes negros y sus cochinanzas.

—Es muy bonito —dijo cuando terminó de leerlo—, ¡pero qué difícil es de entender! —Como veis, le costaba reconocer que no había entendido ni una palabra. —Es como si se me hubiese llenado la cabeza de ideas... ¡pero no sé lo que significan exactamente! Desde luego hay algo que está claro: *alguien* mató a *algo,* eso está clarísimo...

»Pero, ¡ay! —dijo Alicia poniéndose en pie de un salto—. ¡Si no me doy prisa, tendré que volver a atravesar el espejo antes de haber visto cómo es el resto de la casa! ¡Echemos un vistazo al jardín primero!

Salió de la habitación y corrió escaleras abajo... aunque no era exactamente correr lo que hacía, sino una nueva manera de descender que se había inventado para bajar las escaleras más rápida y fácilmente, como después explicó. Simplemente apoyó las puntas de los dedos por la barandilla y flotó suavemente sin ni siquiera tocar los escalones con los pies; después siguió flotando por el pasillo y, si no se hubiese agarrado al marco, habría salido de aquella forma por la puerta. Más tarde se alegró mucho de verse caminando de nuevo de manera natural, y es que ya estaba un poco cansada de tanto flotar por el aire.

CAPÍTULO II

EL JARDÍN DE LAS FLORES VIVIENTES

«Si consigo subir hasta lo alto de esa colina creo que podré contemplar una vista preciosa del jardín —se dijo Alicia—, y aquí hay un sendero que va derecho hasta allí, bueno... aunque eso de derecho es un decir (ya había caminado unos metros y a cada rato el camino hacía una curva), supongo que llegaré de todas formas, aunque ¡vaya curvas que hace! ¡Más que un sendero parece un sacacorchos! Esta desviación parece que va hacia la colina... ¡Pues no, vaya! ¡Esta vuelve hacia la casa! En fin, probaré esta de aquí.»

Y así lo hizo, pero cada tres pasos volvía a preguntarse si debía ir hacia arriba o hacia abajo, si debía tomar esta desviación o aquella otra, y finalmente siempre terminaba regresando sin querer a la casa, hiciera lo que hiciera. E incluso hubo una ocasión en la que dobló la curva con tanto ímpetu que no pudo evitar chocar contra ella.

—No tiene sentido ni que lo intentes —dijo Alicia, fingiendo que hablaba con la casa—; *no pienso* entrar otra vez. Estoy segura de que tendría que pasar de nuevo a través del espejo, y ¡eso sería el fin de mis aventuras!

Con mucha resolución le dio la espalda a la casa y se dirigió hacia el sendero de nuevo, decidida a continuar hasta llegar a lo alto de la colina.

Durante unos minutos la cosa pareció ir bien pero cuando ya estaba pensando que aquella vez iba a conseguirlo el sendero dio un brusco giro y la envió (tal como trató de explicar luego) directamente a la puerta de entrada.

—¡Esto es horroroso! —gritó—. ¡Nunca en mi vida había visto una casa que se pusiera en mitad del camino todo el rato! ¡Nunca!

A pesar de todo la colina seguía a la vista y no podía hacer nada más que intentarlo de nuevo. En aquella ocasión caminó hasta un macizo de flores rodeado de margaritas y en cuyo centro había un gran sauce.

—Ay, Azucena —dijo Alicia dirigiéndose a una de las flores a las que la brisa balanceaba dulcemente—, *me encantaría* que pudieras hablar...

—Por supuesto que puedo hablar —contestó la Azucena—, siempre y cuando la conversación merezca la pena.

Alicia se quedó tan sorprendida que apenas pudo decir nada durante un minuto, era como si se hubiese quedado muda. Finalmente, y como veía que la Azucena seguía balanceándose con la brisa, volvió a dirigirse a ella con voz muy tímida:

—¿Y pueden hablar *todas* las flores?

—Tan bien como tú —contestó la Azucena—, y mucho más alto además.

—Nunca lo hacemos nosotras primero por educación —dijo la Rosa—, pero ya me estaba preguntando cuándo te ibas a decidir tú a empezar. «Su cara resulta interesante —me estaba diciendo a mí misma—, aunque desde luego no parece muy inteligente.» En fin, por lo menos tu color no está mal, y con eso ya se tiene mucho ganado...

—A mí el color me importa menos —comentó la Azucena—, pero si sus pétalos estuviesen un poco más ondulados hacia arriba, quedaría mejor.

A Alicia no le agradaba que la criticaran de aquella manera, de modo que decidió ser ella la que hiciera las preguntas.

—¿No les da miedo a veces estar plantadas aquí, donde no hay nadie que las pueda cuidar correctamente?

—Tenemos un árbol muy cerca de nosotras —dijo la Rosa—. ¿Qué más se puede pedir?

—¿Pero qué podría hacer el árbol si se vieran ustedes en peligro? —preguntó Alicia.

—Podría silbar —contestó la Rosa.

—Por eso dice «sssssshhhh» —añadió la Margarita—, porque silba cuando le da la brisa.

—¿Cómo es posible que no lo supieras? —preguntó otra margarita, y en un segundo se pusieron a hablar todas a la vez aquí y allá, hasta que el aire pareció colmarse de una infinidad de voces chillonas.

—¡Silencio todas! —gritó la Azucena inclinándose de un lado a otro y temblorosa de excitación—. Se aprovechan de que no puedo alcanzarlas —comentó dirigiéndose a Alicia—; si no, no se atreverían...

—No se preocupe —contestó Alicia para tranquilizarla y, agachándose frente a las margaritas, que ya empezaban a chillar otra vez, les dijo—: Como no os calléis os arranco a todas.

Se callaron al instante. Y hasta hubo una margarita rosa que se puso blanca de golpe.

—Mucho mejor —continuó la Azucena—; las margaritas son lo peor que hay, basta que hable una para que se pongan a chillar todas a la vez. ¡Le dan a una ganas de marchitarse!

—¿Y cómo es posible que habléis tan bien? —preguntó Alicia, intentando cambiar el tono de la conversación por uno más amable—. He estado en muchos jardines en mi vida, pero nunca había visto uno en el que las flores hablaran.

—Toca el suelo con la palma de tu mano —contestó la Azucena— y lo entenderás.

Alicia obedeció.

—Está muy duro —dijo—, pero sigo sin entenderlo.

—En la gran mayoría de los jardines —explicó la Azucena— rastrillan el suelo demasiado y, como está tan blando, las flores se duermen constantemente.

Aquello sonaba muy convincente y Alicia se puso contenta de haber descubierto la razón.

—¡Vaya! La verdad es que nunca lo había pensado —dijo.

—Tampoco es que tengas aspecto de *pensar* demasiado —comentó la Rosa, con un tono más bien insultante.

—De hecho, creo que nunca había visto en mi vida a nadie que pareciera más tonta que tú —añadió la Violeta tan rápidamente que Alicia casi se sorprendió, porque hasta ese momento no había dicho nada.

—¡Esa lengua! —gritó la Azucena—. ¡Como si hubieses visto tú a muchas personas! ¡Te pasas el día roncando con la cabeza metida entre las hojas! ¡Te enteras menos de lo que pasa en el mundo que un capullo sin abrir!

—¿Pero es que hay más personas en este jardín aparte de mí? —preguntó Alicia, fingiendo que no había escuchado el comentario de la Rosa.

—Hay otra flor en el jardín que se puede mover de un lado a otro como tú, me pregunto cómo lo hacéis —dijo la Rosa.

—Siempre se lo está preguntando —apuntó la Azucena.

—¿Y se parece a mí? —preguntó Alicia interesada ante la posibilidad de que hubiera otra niña en el jardín.

—Tiene una forma más o menos parecida a la tuya —dijo la Rosa—, pero su color es más rojo, y juraría que sus pétalos son más cortos también.

—Son más recogidos y prietos, como los de la Dalia —dijo la Azucena—; no están hechos un desastre como los tuyos.

—Pero bueno, eso tampoco es culpa *suya* —añadió amablemente la Rosa—; claramente está empezando a marchitarse, y ya se sabe que los pétalos se arrugan entonces.

A Alicia aquella idea de marchitarse no le resultó demasiado agradable, de modo que prefirió cambiar de tema:

—¿Y aparece por aquí con frecuencia?

—Me atrevería a decir que vas a verla muy pronto —dijo la Rosa—; es una de esas flores de nueve puntas, ¿sabes?

—¿Y dónde las lleva? —preguntó Alicia con curiosidad.

—¿Que dónde las lleva? Pues en la cabeza, por supuesto —replicó la Rosa—. De hecho, cuando te vi pensé que tú también las tendrías, me parecía que debía ser lo propio de vuestro tipo.

—¡Ya llega! —gritó la Espuela de Caballero—. Puedo oír sus pasos por la gravilla del camino... Pom... Pom... Pom...

Cuando Alicia se dio la vuelta comprobó que se trataba de la Reina Roja. «¡Vaya, cuánto ha crecido!», exclamó. Y es que la primera vez que Alicia la vio entre las cenizas apenas medía unos centímetros y ahora era media cabeza más alta que ella.

—No hay duda de que es por el aire fresco, este maravilloso aire fresco que tenemos aquí —dijo la Rosa.

—Creo que iré a encontrarme con ella —dijo Alicia, y es que, aunque las flores eran bastante interesantes, le atraía mucho más la idea de hablar con una auténtica Reina.

—En esa dirección nunca te reunirás con ella —dijo la Rosa—, *yo* te recomendaría que tomaras la dirección opuesta.

Aquello le pareció absurdo a Alicia, de modo que no le hizo ningún caso y sin decir nada se dirigió hacia donde estaba la Reina, pero para su sorpresa la perdió de vista de inmediato y volvió a darse de bruces contra la puerta de la casa.

Un poco contrariada, deshizo el camino por el que había venido y después de buscar a la Reina por todas partes la encontró al fin, pero a una buena distancia. Pensó entonces que en aquella ocasión probaría a caminar en la dirección contraria.

Funcionó a la perfección. Apenas llevaba un minuto caminando cuando se encontró cara a cara con la Reina Roja y muy cerca además de la tan ansiada colina.

—¿De dónde vienes? —preguntó la Reina—. ¿Y a dónde vas? Levanta esa barbilla, háblame con respeto y deja de retorcerte los dedos detrás de la espalda.

Alicia obedeció todas las indicaciones y le explicó lo mejor que pudo que había perdido su camino.

—No sé lo que querrás decir con *tu* camino —respondió la Reina—, todos los caminos que ves a tu alrededor son *míos*. Pero en fin —añadió en un tono más amable—, ¿cómo has acabado por aquí? Te aconsejo que hagas una reverencia mientras lo piensas, se ahorra mucho tiempo.

A Alicia le sorprendió un poco el consejo, pero la Reina le imponía demasiado como para no obedecerla de inmediato. «Creo que volveré a probarlo cuando esté en casa —pensó—, la próxima vez que llegue tarde a cenar.»

—Ya puedes responder —dijo la Reina mirando su reloj—, y no olvides abrir la boca un poco más y añadir siempre «Majestad» al final.

—Solo quería ver el jardín, Majestad.

—Eso está muy bien —dijo la Reina dándole unos golpecitos en la cabeza que a Alicia no le gustaron nada—; aunque llamar a esto «jardín»... Si tú supieras los jardines que *yo* he visto, a esto lo llamarías desierto.

Alicia no se atrevió a dudarlo, de modo que continuó diciendo:

—En realidad trataba de encontrar el camino para llegar a lo alto de esa colina.

—Si tú supieras las colinas que yo he visto —interrumpió la Reina—, a eso lo llamarías valle.

—No lo creo —contestó Alicia un poco sorprendida de haberle llevado la contraria a la Reina—, una colina no puede ser un valle, eso sería bastante absurdo...

La Reina negó solemnemente con la cabeza.

—Si tú supieras los absurdos que yo he oído, a eso lo llamarías más bien una ley irrefutable.

Alicia hizo una reverencia porque le pareció por el tono que la Reina estaba *un poquito* ofendida y caminaron en silencio hasta que llegaron a lo alto de la pequeña colina.

Durante un rato, Alicia permaneció en silencio contemplando aquel extraño paisaje en todas las direcciones. Había una serie de pequeños arroyos que atravesaban el campo de parte a parte formando líneas rectas. La tierra que quedaba entre ellos había sido dividida otra vez en cuadrados separados por nuevas hileras de verdes setos hasta donde alcanzaba la vista.

—¡Es como si fuera un tablero de ajedrez! Solo faltan las piezas... ¡Y ahí están, veo unos hombres que se mueven! —dijo con alegría y excitación, mientras sentía que su corazón comenzaba a latir con fuerza—. ¡Es una enorme partida de ajedrez que está jugando el mundo entero! Bueno, quiero decir, si es que *esto* es el mundo... ¡Qué divertido! ¡Me encantaría ser una de las fichas! No me importaría ser un peón con tal de participar, aunque claro, lo que más me *gustaría* es ser la Reina.

Y cuando dijo aquello miró de reojo y con timidez a la verdadera Reina, pero su compañera se limitó a sonreír complacida y contestó:

—Eso puede arreglarse. Podrías ser el peón de la Reina Blanca. Al fin y al cabo Lily es todavía demasiado joven para poder jugar y tú estás ya en la segunda casilla, si llegas a la octava podrías convertirte en Reina.

Y al llegar a ese punto, sin saber muy bien por qué ni cómo, empezaron a correr. Cuando lo pensó más tarde Alicia todavía no alcanzaba a comprender cómo había sucedido, todo lo que recordaba era que ya estaba corriendo tomada de la mano con la Reina y que la Reina corría tan rápido que apenas podía seguirle el ritmo. Aun así la Reina no paraba de gritar:

—¡Más rápido, más rápido!

Alicia sintió que no podría correr más rápido aunque quisiera, pero ni siquiera tenía aliento para contestar a la Reina. Y lo más extraño de todo era que los árboles y todas las cosas que estaban a su alrededor no cambiaban de lugar, por muy rápido que corrieran no conseguían dejar nada atrás. «Me pregunto si las cosas se mueven con nosotras», pensó Alicia confusa, pero la Reina pareció adivinar sus pensamientos porque gritó:

—¡Más rápido! ¡No intentes hablar!

Y no es que Alicia tuviera intención de *hacerlo.* En realidad estaba tan exhausta que tenía la sensación de que ya no iba a poder hablar nunca más en toda su vida. La Reina volvió a gritar sin dejar de arrastrarla:

—¡Más rápido, más rápido!

—¿Queda mucho? —consiguió decir Alicia.

—¿Que si queda mucho? —preguntó la Reina—. ¡Pero si ya pasamos el lugar hace diez minutos! ¡No te pares! ¡Más rápido!

Durante un rato corrieron en silencio. El viento le silbaba en los oídos con tanta fuerza y arrastraba de tal modo sus cabellos que por un instante tuvo la sensación de que se iba a quedar calva.

—¡Vamos! ¡Vamos! —gritó la Reina—. ¡Más rápido, más rápido!

Y corrieron tan rápido que Alicia tuvo la sensación de que sus pies apenas tocaban el suelo y eran tan veloces como el aire. Finalmente se detuvieron de golpe y Alicia se sentó en el suelo, mareada y sin aliento. La Reina la ayudó amablemente a apoyarse contra el árbol y le dijo:

—Puedes descansar un poco, si quieres.

Alicia miró a su alrededor totalmente sorprendida.

—¿Es que hemos estado todo este tiempo bajo el mismo árbol? ¡El sitio es exactamente el mismo!

—Por supuesto que es exactamente el mismo sitio —dijo la Reina—. ¿Dónde querías estar?

—En *mi* país —dijo Alicia tratando de recuperar el aliento—, si corres durante tanto tiempo como hemos corrido nosotras, normalmente llegas a otro sitio.

—¡Pues vaya un país lento! —comentó la Reina—. En este país, como acabas de comprobar, tienes que correr todo lo rápido que puedas para permanecer en el mismo sitio y si quieres avanzar hacia delante tienes que correr dos veces más rápido.

—Entonces prefiero no intentarlo —respondió Alicia—. Al fin y al cabo no se está tan mal en este sitio. ¡Aunque hace tanto calor y tengo tanta sed!

—Sé exactamente en lo que estás pensando —dijo la Reina muy afable mientras se sacaba del bolsillo una cajita—. ¿Verdad que te apetece una galleta?

Alicia pensó que no sería muy educado por su parte responder que no, aunque desde luego era lo último que deseaba en aquel momento. La aceptó y trató de comérsela como pudo. Estaba tan seca que pensó que iba a morir atragantada.

—Y mientras tú te refrescas —dijo la Reina—, yo aprovecharé para tomar medidas.

Sacó una cinta métrica del bolsillo y comenzó a medir el terreno marcándolo con unos palitos de madera aquí y allá.

—Cuando lleguemos a los dos metros —dijo la Reina mientras clavaba un palito para marcar la distancia— te diré lo que tienes que hacer. ¿Quieres otra galleta?

—No, gracias —contestó Alicia—; creo que con una he tenido bastante.

—¿Ya se te ha pasado la sed, verdad? —preguntó la Reina. Alicia no supo qué contestar, pero por suerte la Reina tampoco parecía esperar ninguna respuesta y continuó diciendo—: Cuando lleguemos a los tres metros te repetiré lo que tienes que hacer, no sea que lo olvides, cuando lleguemos a cuatro te diré *adiós* y cuando lleguemos a cinco ya me habré ido.

Los palitos ya estaban todos distribuidos por el terreno y Alicia los observó con curiosidad mientras la Reina regresaba hacia el árbol caminando lentamente por el sendero. Cuando llegó al palito que marcaba los dos metros dio media vuelta y dijo:

—Ya sabes que un peón puede avanzar dos casillas en su primer movimiento. Luego tendrás que ir todo lo rápido que puedas hasta la tercera —te recomiendo que lo hagas en tren—, y desde allí no tardarás demasiado en llegar a la cuarta. Es importante que sepas que esa casilla pertenece a Tweedledum y Tweedledee. La quinta casilla es un pantano y la sexta es de Humpty Dumpty... ¿No dices nada?

—No... no sabía que tenía que decir algo justo ahora... —dijo Alicia con la voz temblorosa.

—¡Por supuesto que tenías que decir algo! —contestó severamente la Reina—. ¡Tenías que agradecerme lo extremadamente amable que soy al contarte todo esto! En fin, fingiré que lo has dicho. La séptima casilla es un bosque —pero uno de los Caballeros te enseñará el camino— y en la octava casilla seremos Reinas las dos, y haremos una fiesta para celebrarlo.

Alicia se levantó para hacer una reverencia, y luego se sentó de nuevo. Al llegar a la siguiente marca la Reina se volvió otra vez:

—Habla en francés cuando no te acuerdes de la palabra en español, cuando camines, saca hacia afuera ligeramente la punta de los pies y nunca olvides quién eres.

Aquella vez ni siquiera esperó a que Alicia le hiciera una reverencia, avanzó hasta la siguiente marca, se volvió para decir *Adiós*, y desde allí se apresuró hasta la última.

Cómo ocurrió es algo que Alicia nunca pudo adivinar, pero en el mismo momento en el que la Reina llegó al último palito ya había desaparecido. Puede que se desvaneciera en el aire o que saliera corriendo hacia el bosque (¡y vaya si podía correr rápido!), lo cierto era que no había manera de saberlo, de modo que Alicia se puso a pensar en que ahora era un peón y que muy pronto le tocaría avanzar.

Capítulo III

LOS INSECTOS DEL ESPEJO

Desde luego lo primero que tenía que hacer era medir aquel terreno por el que iba a viajar. «Debe de ser algo parecido a estudiar geografía», pensó Alicia mientras se ponía de puntillas con la esperanza de ver un poco más allá.

—Ríos importantes... *ninguno* a la vista. Montañas visibles... estoy en la única que hay, pero no creo que tenga nombre. Pueblos principales... ¡vaya! ¿Qué son esas criaturas que están haciendo miel allí abajo? No pueden ser abejas... si no, no las podría ver a tantos kilómetros de distancia...

Y durante un rato se quedó en silencio observando a una de ellas que parecía ajetreada entre las flores hundiendo en ellas su trompa «como si fuera una abeja normal», pensó Alicia.

Pero no tenía nada que ver con una abeja normal: de hecho Alicia se dio cuenta de pronto de que se trataba de un elefante. La idea la dejó muda al principio. «¡Pues tienen que ser unas flores enormes! —pensó después—, casi tan grandes como una casa de campo, solo que sin tejado y con un tallo en el centro... ¡y menuda cantidad de miel saldrá de ahí! Creo que iré y... no, no iré todavía —siguió pensando mientras corría colina abajo, como si tuviera que encontrar una razón para haberse arrepentido tan de repente—.

Sería un poco peligroso bajar a verlos sin tener por lo menos una buena rama para espantarlos... Y qué divertido cuando le cuente a alguien este paseo. Diré: "¡Oh, habría sido un paseo precioso... —aquí hizo su gesto favorito con la cabeza— si no hubiese sido porque *había* tanto polvo y hacía tanto calor, y los elefantes me *molestaron* tanto!"»

—Creo que bajaré por el otro lado —dijo después de hacer una pausa—, quizá visite a los elefantes más tarde. ¡Tengo tantas ganas de llegar a la tercera casilla!

Así que con esa excusa corrió colina abajo y cruzó de un salto los primeros arroyuelos.

✳✳✳

—¡Billetes, por favor! —dijo el Revisor metiendo la cabeza en la ventanilla.

Todos sacaron sus billetes enseguida, unos billetes tan grandes como una persona, que llenaron de pronto todo el vagón.

—¿Y tu billete, niña? —preguntó el Revisor con tono enojado mirando a Alicia. Todas las voces contestaron al unísono («como el estribillo de una canción», pensó Alicia):

—¡No le hagas esperar, niña! ¡Su tiempo vale oro puro!

—Me temo que no tengo billete —contestó Alicia un poco asustada—, donde tomé el tren no había taquilla...

Y de nuevo cantó el coro de voces:

—No había taquilla donde tomó el tren. ¡La tierra allí vale oro puro!

—No hay excusa que valga —replicó el Revisor—, deberías haberle comprado uno al Conductor.

Y una vez más saltó el coro de voces:

—El Conductor, el Conductor. ¡Solo el humo que echa su tren vale oro puro!

Alicia pensó: «Creo que no tiene mucho sentido decir nada». Las voces no se unieron *esta* vez porque ella no había dicho nada en voz alta, pero para su sorpresa todos *pensaron en coro* (espero que sepáis lo que significa *pensar en coro*... aunque debo confesar que *yo* mismo no lo sé con exactitud): «Mejor no decir nada. ¡Las palabras valen oro puro!».

«Creo que ya sé con qué voy a soñar esta noche: con oro puro», pensó Alicia. Durante todo aquel rato el Revisor había estado observándola, primero con un telescopio, luego con un microscopio y finalmente con unos prismáticos.

—Viajas en dirección contraria —dijo, cerró la ventanilla y se fue.

—Una niña tan joven —comentó el caballero que estaba frente a ella (iba vestido de papel blanco)— puede olvidar su nombre, ¡pero nunca en qué dirección va!

Y la Cabra que estaba sentada junto al caballero de blanco, cerró los ojos y dijo en voz alta:

—¡Se puede olvidar fácilmente el abecedario, pero nunca dónde están las taquillas!

Había un Escarabajo sentado junto a la Cabra (el vagón entero estaba lleno de pasajeros extraños), y como la norma parecía ser que todos hablaran por turnos, cuando llegó el *suyo* dijo:

—¡Tendrá que hacer el viaje en condición de maleta!

Alicia no podía ver quién estaba sentado junto al Escarabajo, pero lo siguiente que se escuchó fue una voz ronca que decía:

—Cambien motores... —Pero algo pareció ahogar aquella voz, que se calló de inmediato.

«Parecía un caballo», pensó Alicia, y una voz diminuta muy cerca de ella le susurró en voz muy baja:

—Podrías hacer una broma con eso... algo como: «el caballo se calló porque le pisaron un callo».

Y otra voz muy dulce que parecía estar muy lejos dijo:

—Deberían ponerle una etiqueta que dijera: «Niña, frágil», ¿no?

«¡Qué cantidad de personas hay en el vagón!», pensó Alicia, mientras oía otras voces que decían:

—En realidad tendría que ir por correo, porque tiene la cabeza como la de un sello...

—¿Y por qué no por telegrama?

—En mi opinión es ella la que tendría que arrastrar el tren el resto del trayecto...

Y así durante todo el rato. Fue el caballero vestido de papel el único que se inclinó hacia ella y le susurró al oído:

—No hagas caso de lo que digan, querida, y compra un billete de vuelta cada vez que pare el tren.

—¡Por supuesto que no lo haré! —contestó Alicia muy impaciente—. ¡Yo no me quería montar en este tren... estaba en el bosque hace un momento... ojalá pudiera volver allí!

—Podrías hacer una broma con eso —repitió la vocecita susurrando en el oído de Alicia—, algo parecido a: «como ustedes ven, no quería montarme en este tren».

—No se burle de mí —protestó Alicia mirando en vano a su alrededor para ver de dónde venía la voz—. Si tiene tantas ganas de verme hacer una broma, ¿por qué no la hace usted mismo?

La vocecita suspiró profundamente. Parecía evidente que las palabras de Alicia la habían dejado *muy triste*. Pensó que ahora le gustaría decir algo que pudiera consolarla un poco. «¡Si por lo menos suspirara como las demás personas!», pensó. Y es que el suspiro había sido tan pequeño que no lo habría oído en absoluto de no haber estado *tan* cerca de su oreja. Además, el suspiro le había hecho cosquillas en la oreja, y eso hacía un poco difícil atender a la tristeza de la pobre criaturita.

—Sé que eres mi amiga —siguió diciendo la vocecita—, una amiga muy buena y cariñosa y que no me harás ningún daño aunque sea un insecto.

—¿Qué clase de insecto? —preguntó Alicia un poco inquieta. Lo que realmente quería saber era si picaba o no, pero no le pareció demasiado correcto preguntarlo abiertamente.

—Pero, ¿entonces no...? —empezó a decir la vocecita cuando el sonido se ahogó con el estridente silbido del motor y todos se pusieron de pie alarmados, incluida Alicia.

El Caballo había sacado la cabeza por la ventanilla, la volvió a meter y dijo:

—No es más que un arroyo que tenemos que saltar.

Todos parecieron sentirse más tranquilos al oír aquello, aunque a Alicia no le daba ninguna seguridad aquello de que los trenes saltaran. «Es un alivio pensar que por lo menos nos llevará a la cuarta casilla», pensó. Un segundo después sintió como si el vagón se levantara en el aire y del susto se agarró a lo primero que encontró a mano: las barbas de la Cabra.

✳✳✳

Pero las barbas parecieron desvanecerse en el aire en cuanto las tocó, y de un segundo a otro se encontró tranquilamente sentada bajo un árbol. El Mosquito (porque aquel era el insecto con el que había estado hablando) se balanceaba abanicándola con sus alas sobre una ramita que había justo encima de su cabeza.

Sin duda era un Mosquito muy grande: «del tamaño de un pollo», pensó Alicia, pero como en realidad ya habían estado hablando un buen rato, Alicia no se puso nerviosa.

—¿Y cuáles son los insectos que *no* te gustan? —preguntó el Mosquito, como si nada hubiera pasado.

—Cuando pueden hablar, me gustan todos —contestó Alicia—. Allí de donde *yo* vengo, no he visto hablar a ninguno.

—¿Y qué insectos te gustan muchísimo de allí de donde vienes? —preguntó el Mosquito.

—*Gustar muchísimo* no es exactamente la expresión adecuada —explicó Alicia—, porque me dan mucho miedo... sobre todo cuando son grandes. Pero te puedo decir los nombres de algunos de ellos.

—Si tienen nombres, entonces responderán cuando les llames —comentó el Mosquito.

—No sabía que lo hicieran.

—¿Qué sentido tiene que tengan nombres —preguntó el Mosquito— si no responden cuando se les llama?

—Supongo que para *ellos,* ninguno —contestó Alicia—, pero aun así son muy útiles para quienes los nombran. O, si no, ¿por qué habrían de tener nombre todas las cosas?

—No sabría decirte —replicó el Mosquito—, pero observa: más allá, en ese bosque de ahí abajo, las cosas no tienen nombre... Pero sigue con tu lista de insectos, no nos despistemos.

—Bueno, pues está el Tábano —empezó Alicia enumerando los nombres con los dedos.

—¡Interesante! —dijo el Mosquito—. También aquí: si miras un poco más arriba del arbusto, verás un Tábano-balancín. Está completamente hecho de madera y se mueve balanceándose de rama en rama.

—¿De qué vive? —preguntó Alicia con gran curiosidad.

—De savia y serrín —respondió el Mosquito—. Pero sigue con tu lista.

Alicia observó con gran interés al Tábano-balancín, estaba tan brillante y pegajoso que pensó que debían de haberlo pintando hacía poco. Continuó:

—Y está la Libélula...

—Mira en la rama encima de tu cabeza —dijo el Mosquito—, y allí verás una Libélula-merienda. Está hecha de pudín de ciruela, las alas son de hojas de acebo, y la cabeza es una uva flambeada con brandi.

—¿Y de qué vive? —preguntó Alicia de nuevo.

—De pudín de trigo y empanada de carne —contestó el Mosquito—, y hace su nido en una caja de Navidad.

Alicia observó un buen rato a aquel insecto de cabeza incendiada y se le ocurrió que tal vez aquella era la razón por la que a los insectos les gustaba tanto volar alrededor de las velas, porque querían convertirse en Libélulas-merienda. Continuó con su lista:

—También está la Mariposa...

—Mira quién se está arrastrando hacia tus pies —dijo el Mosquito y Alicia se apartó alarmada—. ¿La ves? Es una Mariposa-pan-con-mantequilla. Las alas son finas rebanadas de pan; el cuerpo es una corteza y la cabeza es un terrón de azúcar.

—¿Y de qué vive *esa*?

—De té ligero con crema.

A Alicia se le ocurrió un inconveniente:

—¿Y si no lo encontrara? —sugirió.

—Entonces moriría, naturalmente.

—Pero eso ocurrirá muy a menudo —comentó Alicia con aire pensativo.

—Constantemente —dijo el Mosquito.

Alicia permaneció en silencio durante unos minutos, pensando sobre aquello. El Mosquito se divirtió entretanto zumbando alrededor de su cabeza y finalmente se posó de nuevo y comentó:

—Supongo que no te gustaría perder tu nombre.

—Claro que no —replicó Alicia un poco nerviosa.

—Y sin embargo... —continuó el Mosquito en tono desconsiderado— ¡Piensa tan solo en lo cómodo que sería volver a casa sin él! Por ejemplo, si la institutriz quisiera llamarte para ir a clase, diría «Ven aquí...» y ahí tendría que callarse, y como no te podría llamar por ningún nombre, no tendrías que ir...

—Estoy segura de que eso no funcionaría nunca —dijo Alicia—, y no creo que la institutriz me perdonara ir a clase por esa razón. Si no se acordara de mi nombre, me llamaría «Señorita» como hacen los criados.

—Bueno, si dijera «Señorita» y nada más —comentó el Mosquito— tú podrías decir: «¡Ah, pensaba que era *otra señorita*...!». Es broma. Ojalá se te hubiese ocurrido a ti.

—¿Y por qué a *mí*? —preguntó Alicia—. Es una broma malísima.

Cuando Alicia dijo aquello el Mosquito suspiró profundamente y le corrieron dos lágrimas enormes por las mejillas.

—No deberías hacer bromas, si te ponen tan triste.

A aquello siguieron varios pequeños suspiros más y, tras ellos, un enorme suspiro melancólico tan intenso que el Mosquito pareció disolverse en él porque cuando Alicia levantó la mirada ya no consiguió ver nada sobre la ramita. Se había quedado un poco fría después de haber estado sentada tanto tiempo, así que se puso en pie y comenzó a caminar.

Enseguida llegó a un prado abierto con un bosque al otro lado: parecía mucho más oscuro que el otro bosque y a Alicia le asustó un poco adentrarse en él. Sin embargo, después de pensarlo dos veces, decidió seguir adelante: «desde luego, no voy a volver atrás», pensó, y aquel parecía el único camino a la octava casilla.

—Este debe de ser el bosque donde las cosas no tienen nombre. Me pregunto qué será de *mi* nombre cuando entre. No me gustaría perderlo porque tendrían que darme otro y estoy casi segura de que sería uno bastante feo.

De todas formas sería divertido perderlo y luego buscar a la criatura que se haya quedado con mi nombre... se parecería a los anuncios, como cuando alguien pierde un perro: «responde *al nombre de Centella, llevaba un collar de metal*»... Yo tendría que ir gritando «Alicia» hasta que alguien contestara, aunque si supiera lo que le espera, no contestaría...

Iba divagando de aquella manera cuando llegó al bosque. Parecía frío y sombrío.

—Bueno, de todas maneras es un alivio —dijo mientras caminaba bajo los árboles—, después de haber pasado tanto calor, entrar en este... en este... ¿en este *qué*? —continuó muy sorprendida de no poder recordar la palabra—. Quiero decir, pasar por debajo de... debajo de... ¡de *esto*! —y puso la mano en el tronco de un árbol—. Me pregunto cómo se llamará, aunque creo que no tiene nombre. ¡No, no lo creo, estoy segura de que no lo tiene!

Alicia se quedó pensativa un momento y después empezó a hablar de nuevo:

—¡Vaya, entonces *ha pasado* de verdad! Y ahora, ¿quién soy yo? ¡Trataré de recordarlo si puedo! ¡Estoy dispuesta a hacerlo! —Pero estar dispuesta no pareció ayudar demasiado y todo lo que pudo decir después de romperse mucho la cabeza fue—: ¡L, *sé* que empieza por L!

Justo entonces llegó paseando un Cervatillo y miró a Alicia con sus enormes ojos dulces sin asustarse lo más mínimo.

—¡Ven aquí! ¡Ven aquí! —dijo Alicia levantando la mano y deseando acariciarlo, pero el Cervatillo dio unos pasos atrás y se quedó observándola.

—¿Cómo te llamas? —preguntó por fin el Cervatillo. ¡Qué voz más dulce tenía!

«¡Ojala lo supiera!», pensó la pobre Alicia. Contestó muy triste:

—Ahora mismo, nada.

—Piénsalo otra vez —dijo—, eso no vale.

Alicia pensó pero no se le ocurrió nada.

—Por favor, ¿podrías decirme cómo te llamas *tú*? —preguntó tímidamente—. Tal vez eso me ayudaría un poco.

—Te lo diré si vamos un poco más adelante —contestó el Cervatillo—. No puedo recordarlo *aquí*.

Así que caminaron juntos por el bosque. Alicia lo abrazaba cariñosamente del cuello hasta que salieron a otro prado. Allí el Cervatillo pegó un salto de pronto y se liberó de los brazos de Alicia.

—¡Soy un Cervatillo! —gritó encantado—. ¡Y ay de mí! ¡Tú eres una niña!

Sus preciosos ojos marrones se llenaron de repente de una expresión de terror y en un segundo salió disparado como una flecha.

Alicia se quedó mirando cómo se alejaba, casi a punto de echarse a llorar por el disgusto de haber perdido a su querido compañero de viaje tan repentinamente.

—Por lo menos ahora sé mi nombre de nuevo, y eso es un consuelo. Alicia... Alicia... no lo volveré a olvidar. Y ahora, me pregunto cuál de estas señales debo seguir.

Realmente no era una pregunta muy difícil de responder porque solo había un camino a través del bosque.

—Lo decidiré cuando se divida el camino y señalen varias direcciones.

Pero de momento aquello no parecía muy probable. Anduvo y anduvo mucho tiempo pero cuando el camino se dividió había dos postes que señalaban hacia el mismo lado. En uno ponía «A LA CASA DE TWEEDLEDUM» y en el otro «A LA CASA DE TWEEDLEDEE».

—Da la impresión —dijo por fin Alicia— ¡de que viven en la misma casa! Me pregunto por qué no lo habré pensado antes... Pero no me quedaré mucho tiempo. Simplemente llamaré y diré: «¿Qué tal estáis?», y luego les preguntaré cómo puedo salir del bosque. ¡Ojalá pueda llegar a la octava casilla antes de que anochezca!

Y de aquel modo siguió paseando hablando consigo misma hasta que, al doblar una esquina, se topó con dos hombrecillos regordetes tan de repente que no pudo evitar un respingo y dar marcha atrás, pero enseguida se recuperó porque estaba segura de que tenían que ser...

Capítulo IV

TWEEDLEDUM Y TWEEDLEDEE

Estaban bajo un árbol, los dos con el brazo sobre los hombros del otro, y Alicia supo quién era quién desde el primer momento, porque uno de ellos llevaba bordado en el cuello «DUM» y el otro «DEE». «Supongo que detrás del cuello los dos llevarán bordado "TWEEDLE"», pensó.

Estaban tan quietos que durante un instante se olvidó de que también estaban vivos, y cuando se disponía a caminar tras ellos para ver si en los cuellos estaba bordado aquello de «TWEEDLE» se sobresaltó porque oyó que una voz salía del que tenía bordado «DUM».

—Si crees que somos figuras de cera, tienes que pagar antes de vernos —dijo—. A las figuras de cera no se las puede ver gratis. No, señor.

—Pero si por el contrario... —añadió el que llevaba escrito «DEE»— crees que estamos vivos, entonces deberías hablarnos.

—Por supuesto, lo siento muchísimo —fue todo lo que a Alicia se le ocurrió responder, y es que las palabras de aquella vieja canción no paraban de sonar en su cabeza como el segundero de un reloj. Tanto era así, que no pudo evitar decirlas en voz alta:

Tweedledum y Tweedledee
se pegaron con denuedo;

Tweedledum a Tweedledee
le rompió su sonajero.

Del cielo un cuervo bajó
tan negro como la brea
y tal susto les pegó
que olvidaron la pelea.

—Sé perfectamente lo que estás pensando —dijo Tweedledum—, pero no es así. No, señor.

—O, por el contrario —continuó Tweedledee—, si es así, podría ser de otra manera, y si así fuera, sería otra cosa, pero como no es, pues no es, evidentemente.

—Estaba pensando —contestó Alicia muy educada— en cuál sería el mejor camino para salir de este bosque porque ya está oscureciendo. ¿Podrían ayudarme, por favor?

Pero aquellos hombres bajitos y regordetes no contestaron nada y se limitaron a mirarse con pillería. Tenían un aspecto tan parecido al de dos colegiales grandullones que Alicia no pudo evitar señalar con el dedo a Tweedledum y decirle:

—A ver, chico, contesta tú.

—No, señor —gritó Tweedledum bruscamente y luego cerró la boca de golpe.

—Pues tú, entonces —Alicia señaló a Tweedledee aunque tenía la seguridad de que iba a contestar «¡Por el contrario!», cosa que así hizo, efectivamente.

—Has empezado fatal —dijo Tweedledum—. Lo primero que hay que hacer cuando uno conoce a alguien es preguntarle: «¿Cómo está usted?», y luego darle la mano.

Los dos hermanos se dieron la mano, se abrazaron y, sin soltarse, le dieron a Alicia las dos manos que les quedaban libres. Alicia no quería darle la mano en primer lugar a ninguno de los dos por temor a herir los sentimientos del otro y la única cosa que se le ocurrió para salir del apuro fue darle la mano a los dos a la vez. Un segundo después ya estaban los tres bailando en corro.

A Alicia le pareció normal (como recordó luego al contarlo) que en aquel momento sonara música y ni siquiera le extrañó que proviniera del mismo árbol bajo el que estaban bailando. Por lo que pudo ver, la música la producían las propias ramas del árbol frotándose entre ellas, como los arcos de los violines.

—La verdad es que fue muy divertido —le dijo luego a su hermana, cuando le contó todo lo que le había sucedido aquel día—; de pronto me puse a cantar «Al corro de la patata», y no sé cuándo empecé a cantarlo, pero por un instante tuve la sensación de que llevaba mucho, muchísimo tiempo haciéndolo.

Como los otros dos bailarines eran bastante regordetes no tardaron mucho tiempo en cansarse. Tweedledum se salió del corro y dejaron de bailar tan bruscamente como habían comenzado a hacerlo. La música se detuvo en ese mismo momento.

Le soltaron la mano y durante un minuto se quedaron de pie, mirándola en silencio. Fue una pausa un poco rara, sobre todo porque Alicia no sabía de qué hablar con aquellas personas con las que había estado bailando hacía un segundo. «Ya no tiene mucho sentido preguntar: "¿Cómo está usted?" —pensó—. Eso lo tendría que haber hecho antes...»

—Espero que no estén muy cansados —dijo al final.

—No, señor. Pero gracias por preocuparte —dijo Tweedledum.

—¡Un placer! —añadió Tweedledee—. ¿Te gusta la poesía?

—Sí... bastante... algunos poemas —contestó Alicia sin mucha convicción—. ¿Podrían decirme qué camino debo tomar para salir de este bosque?

—¿Qué podría yo recitar? —preguntó muy solemne Tweedledee a Tweedledum, sin prestar ninguna atención a la pregunta de Alicia.

—El más largo es *La Morsa y el Carpintero* —contestó Tweedledum dándole a su hermano un cariñoso abrazo. Y Tweedledee empezó en el acto:

Brillaba el sol en el cielo...

Alicia intentó interrumpirle:

—Si es muy largo —dijo todo lo educadamente que pudo—, tal vez me podría decir primero qué camino...

Tweedledee sonrió con gentileza y comenzó otra vez:

Brillaba el sol en el cielo
y en el mar se reflejaba
enorme toda su cara
roja hasta reventar,
pero era raro ese empeño
en querer brillar tanto
porque era noche hace un rato
y nadie le fue a avisar.

La luna también brillaba
en lo alto de aquel cielo
con su resplandor sereno
y enfadada con el sol.
«Yo no entiendo lo que pasa
ni por qué el maleducado
no se va ya de mi lado
y así brille solo yo.»

Pero el resto de las cosas
era de lo más corriente
y como dice la gente
sin mucha preocupación:
el agua estaba mojada,
caliente estaba la arena,
no había nubes en el cielo
ni barcos en flotación.

La Morsa y el Carpintero
iban andando muy juntos
y llegaron hasta el punto
de casi no poder más.
Comentaba el Carpintero
que en toda su vida entera
no había visto tanta arena
en una playa de mar.

«Sería digno de verse
—comentó allí el Carpintero—
en el mundo al barrendero
que limpiara esto de arena.»
«Ni aunque fueran cien o mil
dudo que pudiera hacerse
—la Morsa fue a responderle—
y mira que me da pena.»

«Ostras todas, buenas tardes,
—dijo la Morsa hacia el suelo—,
les presento al Carpintero,
que es un ilustre señor.
Vengan todas con nosotros
para un alegre paseo
que el tiempo se pondrá feo,
aprovechemos el sol.»

La ostra vieja era muy sabia
y vio la intención oscura
que tras la falsa dulzura
disimulaba el señor.
Dijo «no» con la cabeza
y miró a las más pequeñas
para explicarles con señas
que prestaran atención.

Pero ningún caso hicieron
cuatro de las más alegres;
sin ver al lobo los dientes
aceptaron la moción.
Eran guapas, eran finas,
y querían divertirse
porque es alegre reírse
cuando suena una canción.

Y a las cuatro más coquetas
muchas ostras se les unieron;
todas alegres salieron
cantando de debajo del mar,
y es que a aquella comitiva,
unas saltando las rocas,
otras brincando en las olas,
todas se quieren sumar.

La Morsa y el Carpintero
caminaron, caminaron,
y tras ellos llegaron
las ostras con su canción.
Pararon ya muy cansados
en una roca muy tiesa
que parecía una mesa,
menuda premonición.

«Llegó el alegre momento
—dijo la Morsa muy fina—
de hablar con nuestras vecinas
en rica conversación.
Se me ocurren muchos temas
que podrían divertirles:
barcos, peces, sales, chistes
nos darán la diversión.»

«Espere, Morsa, un segundo,
que tanto tiempo corriendo
nos ha quitado el aliento,
tenemos que descansar.
Ha de saber que aquí estamos
algunas un poco gordas,
no somos como las morsas,
pero tampoco está mal.»

«Necesito aquí al instante
—le susurró al Carpintero—
un bollo de pan entero,
que no se haga esperar.
También pimienta y vinagre,
si no, con hambre me quedo.
¡Bueno, ostras, bueno, bueno!
Que empiece nuestro manjar...»

«No nos comerá, señor»
—las ostras le respondieron,
pero el miedo les quedó
ya bien metido en el cuerpo.
«Jamás, queridas, podría
hacer semejante cosa,
contemplad mejor la noche
que se ha puesto muy hermosa.»

«Ha sido muy buena idea
esta caminata alegre,
por más que a uno le cueste
resulta muy sano andar.
Ostras, no os oigo nada
—allí dijo el Carpintero
porque seguía a su juego—.
¿Queréis que corte más pan?.»

«Corta es siempre la alegría
—dijo la Morsa muy seria—
y en verdad es una miseria
haberlas engañado así.»
El Carpintero a lo suyo
no se enteraba de nada,
seguía con la ensalada
y buscando el perejil.

La Morsa con cada ostra
una lágrima lloraba
y tras tragar se quejaba
de lo corta que es la vida.
«¡Lo siento mucho, amiguitas!,
de verdad, lo siento mucho,
el camino ha sido duro
y más dura la partida.»

El Carpintero alelado
llamó a las otras corriendo:
«Yo les propongo ir volviendo
porque ya va siendo hora».
Mas ninguna contestó
y tampoco es nada extraño;
la Morsa mostró su engaño:
se había comido a todas.

—A mí me gusta más la Morsa —dijo Alicia—, por lo menos le daban un *poco* de pena las pobrecitas ostras.

—Pero no olvides que se comió más que el Carpintero —replicó Tweedledee—, y por eso lloraba; se tapaba con el pañuelo para que el Carpintero no pudiera ver que se las estaba comiendo, o todo lo contrario.

—¡Qué malvada la Morsa! —dijo Alicia indignada—. En ese caso prefiero al Carpintero.

—Pero él también quería comérselas —replicó Tweedledum.

Aquello empezaba a resultar bastante confuso, de modo que tras pensarlo un rato Alicia dijo:

—Pues entonces *los dos* me parecen muy desagradables...

De pronto sintió miedo. Había escuchado algo parecido al sonido de una máquina de vapor y, como provenía del bosque, le pareció que podía ser alguna bestia salvaje.

—¿Hay tigres y leones por estos bosques? —preguntó tímidamente.

—No son más que los ronquidos del Rey Rojo —contestó Tweedledee.

—¡Ven, vamos a verle! —gritaron los dos a la vez y, tomando a Alicia cada uno de una mano, la llevaron hasta donde estaba durmiendo.

—¿No es *monísimo*? —dijo Tweedledum.

Pero a Alicia tampoco le pareció para tanto. Llevaba un gorro rojo de dormir muy alto con una borla en la punta y estaba acurrucado en el suelo, como una masa informe, roncando muy alto.

—¡Mírale cómo ronca! —insistió Tweedledum.

—Me da miedo que se coja un resfriado, durmiendo sobre esa hierba tan húmeda —dijo Alicia, que en el fondo era una niña muy atenta.

—Ahora está soñando —dijo Tweedledee—. ¿No te gustaría saber con qué sueña?

—Eso es imposible saberlo —contestó Alicia.

—¡Pues está soñando *contigo*! —exclamó Tweedledee, batiendo palmas encantado—. ¿Y quieres saber dónde estarías tú si el Rey no estuviese soñando contigo?

—Exactamente en el lugar en el que me encuentro ahora mismo —contestó Alicia.

—¡De eso nada! —continuó Tweedledee aún más excitado—. No estarías en ninguna parte. ¿Y sabes por qué? Porque no eres más que una parte de su sueño.

—Si el Rey se despertara —añadió Tweedledum— tú te apagarías, ¡puf!, igual que una vela.

—¡No me apagaría! —gritó Alicia indignada—. Y además, si yo soy solo un sueño, ¿qué sois vosotros?

—Lo mismo —dijo Tweedledum.

—¡Lo mismo, lo mismo! —gritó Tweedledee.

Y lo gritaban tan fuerte que Alicia tuvo que prevenirles:

—¡Silencio! Si seguís gritando de esa manera, le vais a despertar.

—*Tú* nunca podrías despertarle —dijo Tweedledum—. ¿No te das cuenta de que solo eres una parte de su sueño? No eres real.

—¡Claro que *soy* real! —dijo Alicia, y se puso a llorar.

—No te vas a convertir en real por mucho que llores —insistió Tweedledee—, y tampoco es como para ponerse a llorar.

—Si no fuera real —contestó Alicia (medio riéndose entre lágrimas, porque todo aquello empezaba a ser muy absurdo)— no podría llorar.

—Ah, ¿pero es que crees que tus lágrimas son *reales*? —dijo Tweedledum con desprecio.

«Sé perfectamente que no están diciendo más que tonterías —pensó Alicia—, de modo que no tiene sentido ponerse a llorar.» Se secó las lágrimas y dijo todo lo amablemente que pudo:

—En fin, no importa, pero me parece que lo mejor es que salga de este bosque, porque está empezando a oscurecer de verdad. ¿Vosotros creéis que va a llover?

Tweedledum sacó un enorme paraguas y lo abrió sobre su hermano y sobre él. Desde debajo de él miró al cielo.

—No creo que vaya a llover —contestó—; por lo menos no *aquí dentro*. No, señor.

—¿Y lloverá *aquí afuera*?

—Puede ser... si es que llueve —respondió Tweedledee—. En cualquier caso nosotros no nos oponemos, todo lo contrario.

«¡Qué egoístas!», pensó Alicia, y ya estaba a punto de decir «Buenas noches» y dejarles allí cuando Tweedledum sacó una mano de debajo del paraguas y la agarró de la cintura.

—¿Has visto *eso*? —preguntó con voz temblorosa. Los ojos se le habían vuelto enormes y de color amarillo, y apuntaba con su pequeño dedo tembloroso hacia alguna cosa pequeña y blanca que apenas se divisaba bajo un árbol.

—No es más que un cascabel —dijo Alicia después de examinar aquella pequeña cosa blanca, y luego añadió para quitarle el miedo—; no es una serpiente de cascabel, sino simplemente un cascabel, un sonajero, bastante viejo por cierto, aparte de roto.

—¡Lo sabía! —gritó Tweedledum pataleando y tirándose del pelo—. ¡Está roto, claro!

Luego miró a Tweedledee, que dio un salto atrás y trató de esconderse detrás del paraguas. Alicia le puso una mano sobre el hombro y le dijo en tono amable:

—Tampoco hace falta ponerse así, si no es más que un sonajero viejo y roto.

—¡Pero si no es viejo! —gritó Tweedledum más furioso que nunca—. ¡Es nuevo! Lo compré ayer mismo. ¡Oh, mi precioso y nuevo SONAJERO! —y al terminar de pronunciar estas palabras su voz se convirtió en un perfecto chillido.

En ese momento Tweedledee estaba haciendo todo lo posible por cerrar el paraguas, quedándose él dentro. Era una cosa tan extraordinaria que a Alicia casi le hizo perder el hilo de la furia de su hermano, pero lo cierto es que no pudo conseguirlo del todo: tropezó y se cayó al suelo hecho un lío con el paraguas. Del paraguas solo salía su cabeza. Ahí estaba, tendido en el suelo, abriendo y cerrando la boca y los ojos.

«Casi parece un pez», pensó Alicia.

—Supongo que aceptarás el duelo —dijo Tweedledum con un tono de voz tranquilo.

—Supongo que sí —contestó su hermano resignado mientras salía del paraguas—, pero *ella* nos tendrá que ayudar a vestirnos.

Los dos hermanos desaparecieron en el bosque tomados de la mano y volvieron un minuto más tarde cargados de cosas. Era imposible enumerar todo lo que traían: mantas, cacerolas, cojines, baterías de cocina y hasta cubos de carbón.

—Espero que se te dé bien atar cosas —dijo Tweeedledum—, porque sea como sea nos tenemos que poner todo esto.

Alicia contó más tarde que jamás en su vida había visto que por una tontería semejante se montara un embrollo tan enorme como aquel. Los dos hermanos no paraban de moverse y llevaban tal cantidad de cosas puestas encima que no fue tarea fácil sostenerlas todas atando cuerdas y abrochando botones.

«¡Cuando se peleen van a parecer un par de bolsas enormes de ropa vieja!», pensó mientras le ataba una almohada a Tweedledee alrededor del cuello «para evitar que le cortaran la cabeza», como había dicho.

—Ya sabes, es una de las peores cosas que te pueden pasar en un duelo, que te corten la cabeza —añadió con voz muy grave.

Alicia no pudo evitar reírse, pero trató de disimularlo fingiendo que había sido un ataque de tos, para no herir sus sentimientos.

—¿Estoy muy pálido? —preguntó Tweedledum acercándose para que le atara el casco. (Él lo llamaba «casco» pero en realidad tenía todo el aspecto de una cacerola.)

—Pues sí, un poco —contestó Alicia.

—Normalmente soy bastante valiente —dijo en voz baja—, pero es que hoy me duele un poco la cabeza.

—¡A mí también me duele la cabeza! —replicó Tweedledee que había escuchado a su hermano—. ¡Y mucho más que a ti!

—Entonces lo mejor será que no os peleéis hoy —dijo Alicia, pensando que había encontrado una buena excusa para poner un poco de paz entre los dos hermanos.

—Pero *tenemos* que pelear, aunque sea solo un poquito. La verdad es que prefiero que no sea demasiado largo —explicó Tweedledum—. ¿Qué hora es, por cierto?

Tweedledee miró su reloj y contestó:

—Las cuatro y media.

—Entonces pelearemos hasta las seis y pararemos para cenar.

—Por mí está bien —respondió Tweedledee compungido—; *ella* nos puede vigilar. Lo único que te recomiendo es que no te acerques demasiado. Cuando estoy en medio de una pelea normalmente le pego a todo lo que veo.

—Pues yo le pego a todo lo que alcanzo, lo vea o no.

Alicia se rio.

—Entonces me temo que con mucha frecuencia no le pegaréis más que a los árboles.

—Pues no lo temas —dijo Tweedledum con mirada satisfecha—, porque cuando termine la pelea no va a quedar un árbol sano en todo el bosque.

—¡Y todo por un sonajero! —se quejó Alicia, como último intento de hacerles sentirse por lo menos un poco avergonzados por pelearse por semejante tontería.

—No me habría importado tanto —dijo Tweedledum— si no hubiese sido uno recién comprado.

«¡Ojalá baje un cuervo negro como la brea!», pensó Alicia.

—Ya sabes que solamente tenemos una espada —le dijo Tweedledum a su hermano—, pero *puedes* tomar el paraguas si quieres, que también está bastante afilado. Y empecemos pronto, porque el cielo no puede estar más oscuro.

—Sí que puede —dijo Tweedledee.

Se había hecho de noche tan aprisa que Alicia por un momento tuvo miedo de que fuera a llegar una tormenta.

—¡Vaya una nube negra que viene por ahí! —dijo—. ¡Y qué rápido viene! ¡Parece que tiene alas!

—¡Es el cuervo! —chilló espantado Tweedledum, y los dos hermanos desaparecieron al instante en el bosque.

Alicia corrió un poco en dirección hacia el bosque y luego se detuvo bajo un árbol enorme. «Aquí no me pillará —pensó—, es demasiado grande como para meterse entre estos árboles. ¡Qué manera de agitar las alas! ¡Pero si parece que va a pasar un huracán! ¡Mira, si hasta hay un mantón volando!»

CAPÍTULO V

LANA Y AGUA

Alicia atrapó el mantón al vuelo en cuanto pasó por su lado y buscó a su dueño. No tardó mucho en encontrarlo, un segundo después vio a la Reina Blanca corriendo a toda prisa por el bosque con los brazos abiertos como si volara. Muy amablemente, se acercó a ella para devolverle el mantón.

—Me alegra mucho haber podido atraparlo —dijo mientras la ayudaba a ponérselo sobre los hombros.

La Reina Blanca se limitó a mirarla un poco ausente y asustadiza, sin dejar de repetir en un susurro algo como «ba-be-bi-bo-bu, ba-be-bi-bo-bu», y como parecía que la Reina no iba a decir nada más, trató de empezar tímidamente la conversación:

—¿Es usted la Reina Blanca? Creo que aún no nos habíamos visto.

—Pues así es como me visto, si no te gusta puedes marcharte —respondió la Reina.

Alicia pensó que no era buena idea empezar una discusión, así que sonrió y volvió a preguntar:

—Usted dígame cómo quiere que se lo ponga y yo lo haré lo mejor que pueda.

—¡Pero es que no quiero que lo hagas en absoluto! —farfulló la pobre Reina—. He estado yo misma vistiéndome durante dos horas.

A Alicia le pareció que lo mejor habría sido que lo hubiese hecho otra persona, porque la verdad es que iba hecha un desastre. «¡Lo lleva todo torcido y prendido con alfileres!», pensó.

—¿Quiere que le ponga derecho el mantón? —preguntó en voz alta.

—¡No sé qué mosca le ha picado a este mantón! —se quejó la Reina con voz un poco melancólica—. Creo que se ha vuelto loco. No hago más que ponerle alfileres, pero nunca es a su gusto.

—Pero es que nunca podrá estar derecho si solo le pone alfileres en un lado —dijo Alicia amablemente mientras se lo colocaba mejor—. ¡Ay, Dios mío, cómo tiene usted el pelo!

—¡El cepillo se me ha quedado enredado dentro del pelo! —suspiró la Reina—. Y el peine lo perdí ayer.

Alicia sacó el cepillo con cuidado y trató con esmero de dejarle el pelo en mejores condiciones.

—¡En fin, ahora está mucho mejor! —dijo después de cambiar la mayoría de los alfileres—. ¡Aunque no le vendría mal una buena doncella!

—¡Te contrataría a *ti* encantada! —dijo la Reina—. Dos peniques a la semana y mermelada cada dos días, ¿aceptas?

Alicia no pudo evitar reírse mientras decía:

—No, gracias. No estoy buscando trabajo... y la mermelada me da igual.

—Es una mermelada muy buena —afirmó la Reina.

—Hoy no me apetece mermelada, de todas formas.

—Y aunque la quisieras, tampoco podría dártela —dijo la Reina—. La norma es la siguiente: mermelada mañana y mermelada ayer... pero nunca mermelada *hoy*.

—Alguna vez tendrá que ser «mermelada hoy» —objetó Alicia.

—No, no puede ser —dijo la Reina—. Es mermelada cada dos días: hoy no es día *dos*, ¿entiendes?

—No lo entiendo —contestó Alicia—. ¡Es terriblemente complicado!

—Suele ocurrir cuando vives al revés —dijo la Reina amablemente—, todo es un poco complicado al principio...

—¡Vivir al revés! —repitió Alicia completamente asombrada—. ¡No había oído nunca una cosa así!

—... pero tiene una gran ventaja y es que la memoria funciona en las dos direcciones.

—Pues la *mía* solo funciona en una dirección —comentó Alicia—. No soy capaz de recordar las cosas antes de que ocurran.

—Es porque tienes una de esas pobres memorias que solo funcionan hacia atrás —observó la Reina.

—¿Y qué tipo de cosas recuerda *usted* mejor? —preguntó Alicia.

—Pues, por ejemplo, algunas cosas que sucedieron dentro de dos semanas —contestó la Reina sin darle demasiada importancia—. Ahora mismo —continuó mientras se pegaba un buen trozo de esparadrapo en el dedo—, recuerdo al Mensajero del rey. Está castigado en prisión. El juicio no comenzará hasta el próximo miércoles y eso que el crimen ni siquiera ha sido cometido todavía.

—¿Y si nunca se cometiera el crimen? —preguntó Alicia.

—Eso sería mucho mejor, ¿no te parece? —dijo la Reina mientras ataba el esparadrapo de su dedo con un cordón.

A Alicia le pareció que eso era innegable.

—Claro que sería mejor —replicó—, pero no estaría bien castigarlo por eso.

—*Ahí* te equivocas por completo —dijo la Reina—. ¿Te han castigado alguna vez?

—Solo por cosas pequeñas —dijo Alicia.

—Y por esa razón ahora eres una niña más buena —dijo triunfante la Reina.

—Sí, pero es que yo había *hecho* las cosas por las que me habían castigado —insistió Alicia—; ahí está la diferencia.

—Pero si no las hubieses hecho —dijo la Reina—, habrías sido mejor todavía, ¡mejor, mejor y mejor, y mejor! —y fue subiendo la voz con cada «mejor» hasta que al final se convirtió en un chillido.

Alicia estaba a punto de decir: «Creo que no está entendiendo...», cuando la Reina empezó a gritar tan alto que tuvo que dejar la frase sin empezar.

—¡Ay, ay, ay! —exclamó sacudiendo la mano como si quisiera arrancársela—. ¡Me está sangrando el dedo! ¡Ay, ay, ay!

Sus gritos eran tan parecidos a los silbidos de una locomotora que Alicia tuvo que taparse los oídos con las manos.

—¿Qué *es* lo que pasa? —preguntó tan pronto como tuvo la oportunidad de que la oyera—. ¿Se ha pinchado el dedo?

—Todavía no me lo he pinchado —dijo la Reina—, pero lo haré pronto... ¡ay, ay, ay!

—¿Cuándo se supone que lo hará? —preguntó Alicia a punto de echarse a reír.

—Cuando me vuelva a abrochar el mantón —gruñó la pobre Reina—, el broche se soltará directamente. ¡Ay, ay, ay!

Mientras decía esas palabras el broche se abrió y la Reina lo agarró sin pensarlo e intentó abrocharlo otra vez.

—¡Cuidado! —gritó Alicia—. ¡Lo está sosteniendo al revés!

Trató de agarrar el broche, pero lo hizo demasiado tarde: el alfiler se le resbaló y la Reina se pinchó el dedo.

—Esto explica la sangre, ¿lo ves? —le dijo a Alicia con una sonrisa—. Ahora entiendes cómo funcionan las cosas aquí.

—Pero, ¿por qué no grita *ahora?* —preguntó Alicia juntando las manos, preparada para llevárselas a los oídos.

—Ya he gritado todo lo que tenía que gritar —dijo la Reina—. ¿De qué serviría hacerlo de nuevo?

El día comenzó a hacerse más luminoso.

—Creo que el cuervo ha debido salir volando —dijo Alicia—. Me alegro de que se haya ido. Pensé que se estaba haciendo de noche.

—¡Me encantaría poder alegrarme! —dijo la Reina—, solo que ya no recuerdo cómo se hacía. ¡Debes de ser muy feliz viviendo en este bosque y alegrándote cuando quieres!

—¡Pero una se siente *tan* sola aquí! —se quejó Alicia con voz melancólica, y al pensar en su soledad dos enormes lágrimas le rodaron por las mejillas.

—¡Oh, no te pongas así! —exclamó la pobre Reina retorciendo las manos desesperada—. Piensa en la niña tan estupenda que eres. Piensa en el camino tan largo que has hecho hoy. Piensa en la hora que es. ¡Piensa en lo que quieras, pero no llores!

Alicia no pudo evitar reírse al oír esto, todavía con lágrimas en los ojos.

—¿Así es como usted consigue no llorar: pensando en cosas? —preguntó.

—Es un sistema excelente —dijo la Reina con gran resolución—; nadie puede hacer dos cosas a la vez, ¿no lo sabías? Pensemos, por ejemplo, en tu edad... ¿cuántos años tienes?

—Tengo exactamente siete y medio.

—No tenías por qué decir lo de «exactamente» —comentó la Reina—. Te creo sin necesidad de tanta exactitud. Yo tengo ciento uno, cinco meses y un día.

—¡*Eso* no me lo puedo creer! —dijo Alicia.

—¿No puedes? —preguntó la Reina en tono apesadumbrado—. Inténtalo: respira hondo y cierra los ojos.

Alicia se rio.

—No merece la pena intentarlo —dijo—, las cosas imposibles no se pueden creer.

—Me parece que aún te falta un poco de práctica —dijo la Reina—. Cuando yo tenía tu edad, lo hacía siempre media hora al día. A veces incluso llegaba a creerme hasta seis cosas imposibles antes del desayuno. ¡Ya se me cae el mantón otra vez!

El broche se había soltado mientras hablaba y una repentina ráfaga de viento se llevó el mantón de la Reina al otro lado de un arroyuelo. La Reina extendió los brazos de nuevo y fue volando detrás de él, y esta vez consiguió alcanzarlo sin ayuda de nadie.

—¡Lo tengo! —exclamó en tono triunfal—. ¡Ahora verás cómo me lo abrocho yo solita!

—Entonces supongo que su dedo ya está mejor —dijo Alicia muy educada mientras cruzaba el arroyuelo para seguir a la Reina.

✳✳✳

—¡Oh, mucho mejor! —exclamó la Reina mientras su voz subía de tono hasta convertirse en un chillido—. ¡Mucho me-ejor! ¡Me-e-e-ejor! ¡Me-e-ehh!

La última palabra terminó en un largo balido tan parecido al de una oveja que Alicia se sobresaltó.

Miró a la Reina y le pareció que el mantón se había convertido en una gruesa capa de lana. Alicia se frotó los ojos y volvió a mirar. No conseguía entender qué había pasado. ¿Estaba en una tienda? ¿Y era realmente... era de verdad una *oveja* la que estaba sentada al otro lado del mostrador? Por mucho que se frotara los ojos, no logró ver otra cosa: estaba en una pequeña tienda oscura, con los codos apoyados en el mostrador y frente a ella había una anciana Oveja tejiendo sentada en una silla que de cuando en cuando dejaba de tejer para mirarla a través de unas grandes gafas.

—¿Qué quieres comprar? —preguntó por fin la Oveja, mirándola un momento por encima de su labor.

—No lo sé muy bien todavía —respondió Alicia dulcemente—. Me gustaría echar un vistazo alrededor, si le parece bien.

—Puedes mirar lo que tienes delante y lo que está a los lados, si quieres —dijo la Oveja—, pero no *todo* lo que tienes alrededor... a no ser que tengas ojos en la espalda.

Y como se daba el caso de que Alicia no los tenía, se contentó con darse la vuelta y acercarse a las estanterías para verlas.

La tienda parecía estar repleta de un sinfín de cosas curiosas... pero lo más extraño de todo era que cuando se concentraba en una estantería, resultaba estar siempre completamente vacía, mientras que las demás alrededor estaban abarrotadas hasta los topes.

—¡Aquí las cosas vuelan! —dijo por fin en tono quejumbroso, después de haberse pasado un rato persiguiendo en vano una enorme cosa brillante que unas veces parecía una muñeca y otras un costurero, y que siempre se encontraba en una estantería por encima de la que estaba mirando—. Y eso es lo más irritante de todo... pero le diré lo que voy a hacer... —añadió cuando se le ocurrió una idea de pronto—. Lo seguiré hasta la estantería más alta. No podrá subir por el techo, ¡ya lo verá!

Pero incluso aquel plan fracasó: aquella «cosa brillante» también atravesó el techo tranquilamente, como si fuera la cosa más normal del mundo.

—¿Eres una niña o una peonza? —preguntó la Oveja mientras se hacía con otro par de agujas—. Me vas a marear como sigas dando vueltas de esa manera.

Estaba tejiendo con catorce pares de agujas al mismo tiempo y Alicia no podía dejar de mirarla con gran asombro. «¿Cómo podrá tejer con tantas? —pensó la desconcertada niña—. ¡Y cada vez tiene más y más... va a terminar pareciendo un puercoespín!»

—¿Sabes remar? —preguntó la Oveja dándole un par de agujas de tejer mientras hablaba.

—Sí, un poco... pero no en tierra... y tampoco con agujas... —Apenas había empezado Alicia a hablar cuando de repente las agujas se transformaron en sus manos en remos, y se encontró con que estaban las dos en un pequeño bote que se deslizaba entre dos orillas. No le quedó más remedio que hacerlo lo mejor que pudo.

—¡En horizontal! —exclamó la Oveja mientras tomaba otro par de agujas.

Aquello no parecía precisar respuesta alguna, de modo que Alicia se mantuvo en silencio y siguió remando. Algo extraño pasaba con el agua porque a menudo se quedaban los remos atrapados en ella y apenas se podían sacar.

—¡Horizontal! ¡Horizontal! —exclamó de nuevo la Oveja, tomando más agujas—. Te vas a llevar por delante a un cangrejo.

«¡Un pequeño cangrejo! —pensó Alicia—. Me encantaría tocar uno.»

—¿No me has oído decir «horizontal»? —gritó enfadada la Oveja mientras agarraba un buen puñado de agujas.

—Claro que sí —contestó Alicia—: lo ha dicho muchas veces... y muy alto además. Perdone, ¿dónde *están* los cangrejos?

—¿Dónde va a ser? ¡En el agua! —respondió la Oveja mientras se clavaba en el pelo algunas agujas porque ya no le cabían en las manos—. ¡Horizontal, he dicho!

—¿Por qué dice «horizontal» todo el tiempo? —preguntó por fin Alicia un poco enfadada—. ¡No soy un pájaro!

—Sí lo eres —respondió la Oveja—, eres una pequeña oca.

Como aquello ofendió un poco a Alicia la conversación se interrumpió durante algunos minutos. El bote se mecía dulcemente unas veces entre bancos de algas (lo que hacía que los remos se quedaran atascados más que nunca en el agua), y otras bajo los árboles pero siempre junto a aquellas mismas orillas amenazantes que se cernían sobre sus cabezas.

—¡Por favor, mire qué bonito! ¡Los juncos están en flor! —gritó Alicia de pronto con emoción—. ¡Vaya que si lo están... y son preciosos!

—No deberías pedírmelo «por favor»—dijo la Oveja sin levantar la vista de su labor—. Yo no los puse ahí y tampoco me los voy a llevar.

—No, pero quería decir... por favor, ¿podríamos esperar y recoger algunos? —suplicó Alicia—. Si no le molesta que paremos un minuto.

—¿Cómo lo voy a parar yo? —preguntó la Oveja—. Si dejas de remar, se parará solo.

Alicia dejó que el bote siguiera corriente abajo hasta que se deslizó dulcemente entre los ondeantes juncos. Se remangó las mangas con cuidado y sumergió los bracitos hasta el codo para recoger los juncos desde bien abajo antes de arrancarlos. Durante un momento Alicia se olvidó de la Oveja y de su labor mientras se inclinaba sobre un lado del bote y se le mojaron las puntas del pelo en el agua al recoger un ramo de aquellos preciosos juncos...

—¡Espero que el bote no vuelque! —se dijo a sí misma—. ¡Oh, ese es precioso! Pero no consigo alcanzarlo...

Y sin duda alguna era bastante frustrante («casi como si sucediera aposta», pensó) porque, aunque se las arregló para recoger muchos juncos bonitos mientras el bote se deslizaba, siempre había alguno, mucho más bonito que el resto, que no conseguía alcanzar.

—¡Los más bonitos son los que están siempre más lejos! —exclamó por fin con un suspiro por el empeño de aquellos juncos en crecer tan lejos; luego se incorporó con dificultad, las mejillas coloradas, el pelo y las manos goteando, mientras organizaba sus recién encontrados tesoros.

¿Le importó que los juncos empezaran a marchitarse y a perder todo su aroma y belleza desde el mismo momento en que los arrancó? Incluso los verdaderos juncos en flor duran muy poco tiempo... y estos, al tratarse de juncos de ensueño, se derretían como la nieve apilados a sus pies... pero

Alicia apenas se dio cuenta, pues había otras muchas cosas interesantes en las que pensar.

No habían llegado mucho más lejos cuando la pala de uno de los remos se quedó atrapada en el agua y no *quiso* salir (o eso fue lo que luego contó Alicia), y como el mango había quedado justo debajo de su barbilla, lo cierto fue que la levantó directamente de su asiento y la lanzó entre las pilas de juncos a pesar de todos los gemidos y los «¡Ay, ay, ay!» del mundo.

Pero no se hizo ningún daño y enseguida se puso en pie: la Oveja continuó con su labor como si no hubiera pasado nada.

—¡Eso es que has dado con un buen cangrejo! —comentó la Oveja mientras Alicia volvía a su sitio muy aliviada al ver que seguía estando dentro del bote.

—¿De verdad? No le he visto —dijo Alicia, observando el agua oscura atentamente desde un lado del bote—. Ojalá no se hubiese soltado... ¡Me encantaría llevarme un cangrejito a casa!

La Oveja se rio con desdén y siguió con su labor.

—¿Hay muchos cangrejos por aquí? —preguntó Alicia.

—Cangrejos y todo tipo de cosas —aseguró la Oveja—: hay mucho de donde elegir, pero decídete. Veamos, ¿qué es lo que quieres comprar?

—¿Comprar? —preguntó Alicia asombrada y medio asustada... porque los remos y el bote y el río se habían desvanecido en un momento y estaba de vuelta en la pequeña y oscura tienda.

—Me gustaría comprar un huevo, por favor —anunció tímidamente—. ¿Cuánto cuesta?

—Cinco peniques y cuarto por uno... dos peniques por dos —contestó la Oveja.

—¿Entonces comprar dos es más barato que uno? —preguntó Alicia sorprendida mientras sacaba su monedero.

—Pero *tendrás* que comerte ambos si compras dos —dijo la Oveja.

—Entonces me llevo *uno*, por favor —decidió Alicia, poniendo el dinero sobre el mostrador. Y es que había pensado de pronto: «puede que ni siquiera estén buenos».

La Oveja recogió el dinero y lo guardó en la caja; después dijo:

—Nunca le doy las cosas en la mano a la gente... no sería correcto... tienes que tomarlo tú misma.

Y una vez dicho esto se movió hacia el otro lado de la tienda y puso el huevo derecho en una estantería.

«Me pregunto por qué no sería correcto —pensó Alicia mientras se abría camino a tientas entre mesas y sillas, porque la tienda se volvía más oscura hacia el fondo—. El huevo parece alejarse más cuánto más me acerco. Veamos, ¿esto es una silla? ¡Pero si tiene ramas! ¡Qué extraño encontrarse árboles creciendo aquí! ¡Y además hay un arroyuelo! ¡Esta es la tienda más rara que he visto en mi vida!»

✳✳✳

Y así fue caminando mientras se preguntaba todas aquellas cosas y observaba que todo se convertía en árbol en cuanto ella se acercaba. Incluso llegó a esperar que el huevo lo hiciera en cuanto llegara hasta él.

CAPÍTULO VI

HUMPTY DUMPTY

Pero el huevo fue creciendo y creciendo hasta tomar un aspecto cada vez más humano. Cuando Alicia se acercó unos metros comprobó además que tenía también nariz y ojos y boca y cuando se detuvo frente a él comprendió con claridad que se trataba de Humpty Dumpty en persona. «Solo puede ser él —pensó—; estoy tan segura como si llevara el nombre escrito en la frente.»

Y la verdad es que tenía una frente tan grande que se lo podría haber escrito no una, sino cien veces. Humpty Dumpty estaba sentado a lo indio, con las piernas cruzadas, en lo alto de un muro tan estrecho que Alicia se maravilló de que pudiera mantener el equilibrio y tuviera la mirada fija en la dirección opuesta. Alicia incluso pensó que podría tratarse perfectamente de un muñeco, puesto que no le prestó ni la más mínima atención a su presencia allí.

—¡Es exactamente como un huevo! —dijo en voz alta frente a él con las manos dispuestas a recogerle si se caía, cosa que parecía que iba a pasar en cualquier momento.

—Es bastante insultante que le llamen a uno «huevo», pero que muy insultante... —contestó Humpty Dumpty después de un largo silencio y sin dejar de mirar a lo lejos.

—He dicho que era usted *como* un huevo —explicó Alicia educadamente—, y de hecho hay huevos que son bastante bonitos... —añadió al final, tratando de que pareciera un piropo.

—Hay gente que tiene la inteligencia de un mosquito —contestó Humpty Dumpty sin dejar de mirar a lo lejos.

Alicia no supo qué responder. Tampoco había sido exactamente una conversación normal. Él no le había dicho nada directamente a *ella*, de hecho, su última respuesta parecía haber sido dirigida al árbol, así que se quedó allí y comenzó a susurrar en voz baja:

Humpty Dumpty estaba seguro,
Humpty Dumpty encima de un muro...
Pero de pronto se tropezó
y de cabeza al suelo cayó.

Luego el Rey mandó muy presto
todos sus hombres y sus arrestos
mas no consiguieron, aunque lo intentaron,
encontrar de Humpty todos los pedazos.

—Me parece que los últimos versos son demasiado largos... —añadió Alicia subiendo el tono de voz y olvidando por completo que Humpty Dumpty podía oírla.

—No te quedes ahí hablando sola —dijo Humpty Dumpty mirándola por primera vez—. Dime cómo te llamas y qué haces por aquí.

—Me llamo Alicia, pero...

—Un nombre bastante estúpido, por cierto —interrumpió impaciente Humpty Dumpty—. ¿Qué significa?

—No sabía que los nombres *tuvieran* que significar algo —dijo Alicia dudando un poco.

—Por supuesto que tienen que significar algo —contestó Humpty Dumpty con una risita—; *mi* nombre se refiere a mi figura, una figura bastante atractiva, por cierto. Pero con tu nombre la verdad es que podrías tener cualquier aspecto.

—¿Y por qué está usted aquí solo sentando en lo alto de un muro? —preguntó Alicia, tratando de evitar una discusión.

—¿Que por qué estoy solo? ¡Pues porque no hay nadie conmigo! —respondió Humpty Dumpty—. ¿Acaso pensabas que no iba a poder responderte a *eso*? A ver, pregúntame otra cosa.

—¿No piensa usted que estaría más seguro aquí abajo? —preguntó Alicia sin ninguna intención de proponer una adivinanza, más bien por el miedo que le provocaba que aquella extraña criatura se cayera desde allí—. ¡Ese muro es muy estrecho!

—¡Es la adivinanza más fácil que me han preguntado nunca! —gritó Humpty Dumpty—. Por supuesto que no estaría más seguro ahí abajo. Y si me cayera (cosa que es imposible que ocurra), pero *si me cayera...* —y al decir esto frunció los labios tan solemnemente que a Alicia casi le da un ataque de risa—. *Si me cayera* —continuó Humpty Dumpty—, *el Rey me ha prometido...* (¡ja!, abre la boca si quieres, no te esperabas que fuera a decir eso, ¿verdad?) *el Rey me ha prometido, el mismísimo Rey me ha prometido que... que... que...*

—Que mandaría muy presto a todos sus hombres y sus arrestos —interrumpió Alicia, un poco desafortunadamente.

—¡No puede ser! —gritó Humpty Dumpty con furia—. ¡Has estado espiando detrás de las puertas, tras los árboles, en las chimeneas... o no podrías saberlo!

—Le aseguro que no —respondió Alicia muy educadamente—. Lo leí en un libro.

—¡Menos mal! En los libros pueden decirse esas cosas —dijo Humpty Dumpty más calmado—. Historia Universal, lo llaman a eso. Y ahora, mírame bien, estás delante de alguien que ha hablado con el Rey. Puede que no vuelva a ocurrirte algo así en la vida ¡Y para demostrarte que no soy un vanidoso, te dejo que me des la mano!

Sonrió de oreja a oreja y se inclinó hacia delante (tanto que casi se cae), ofreciéndole la mano a Alicia. Ella le observó un poco temerosa mientras se la daba. «Como sonría un poco más las dos puntas de sus labios se van a unir por detrás y si eso pasa... no quiero ni imaginar lo que le ocurrirá a su cabeza. ¡Lo más probable es que se le caiga!»

—Pues sí, amiga mía, a todos sus hombres y sus arrestos —continuó Humpty Dumpty—. Y me recompondrían en un segundo, ¡te lo aseguro!

Pero creo que esta conversación está yendo demasiado rápido, regresemos a mi penúltimo comentario.

—Me temo que no lo recuerdo, señor —contestó Alicia educadamente.

—En ese caso comenzaremos de nuevo —replicó Humpty Dumpty—, pero esta vez seré yo el que elija el tema.

«Habla como si la conversación fuera un juego», pensó Alicia.

—Vamos a ver... tengo una pregunta para ti. ¿Cuántos años dijiste que tenías?

Alicia hizo un pequeño cálculo mental y respondió:

—Siete años y seis meses.

—¡Incorrecto! —gritó triunfal Humpty Dumpty—. ¡Eso no fue exactamente lo que dijiste antes!

—Es que pensé que me estaba preguntando: *¿Cuántos años tienes?* —explicó Alicia.

—Si hubiese querido preguntar eso, habría preguntado eso exactamente —respondió Humpty Dumpty.

Y como Alicia no quería que acabara todo en una discusión, lo dejó pasar sin más.

—¡Siete años y seis meses! —repitió Humpty Dumpty muy pensativo—. Es una edad un tanto incómoda. Si me pidieras un consejo al respecto te diría sin duda alguna: «Quédate en los siete», pero me temo que ya es un poco tarde.

—Nunca pido consejo sobre mi edad —contestó Alicia indignada.

—¿Demasiado orgullosa acaso? —preguntó el otro.

A Alicia aquella sospecha le hizo indignarse todavía más.

—Lo que quiero decir es que nadie puede impedir que uno crezca.

—Tal vez *nadie* no pueda —replicó Humpty Dumpty—, pero *una persona* sí puede. Con la ayuda necesaria, creo que te podrías haber quedado en los siete.

—¡Qué cinturón más bonito lleva usted! —dijo de pronto Alicia (y es que pensaba que ya habían hablado bastante del tema de la edad y ya era hora de cambiar el asunto, además ahora *le tocaba* elegir a ella)—. Bueno, o quizá —porque de pronto le pareció otra cosa—, quizá sea un bonito pañuelo...

o cinturón tal vez... quiero decir... ¡Oh, vaya, lo siento muchísimo! —exclamó al final, y es que Humpty Dumpty parecía cada vez más y más ofendido y ella deseaba cada vez más no haber sacado aquel tema.

«Si por lo menos supiera dónde termina el cuello y dónde empieza la cintura...», pensó.

No cabía duda de que Humpty Dumpty estaba bastante enfadado porque se quedó en silencio durante un par de minutos y cuando por fin se animó a hablar dijo con voz muy profunda:

—*¡Qué cosa más insultante!* ¡Una persona que no sabe distinguir un pañuelo de un cinturón!

—Lo sé, a veces soy un poco tonta —contestó Alicia con un tono de voz tan humilde que Humpty Dumpty se calmó.

—Es un pañuelo, niña mía, y uno bastante bonito, como bien has dicho. Es un regalo del Rey y la Reina Blanca, ¡ahí es nada!

—¿Lo dice en serio? —dijo Alicia encantada de *haber encontrado* por fin un tema de conversación que le gustara.

—Me lo regalaron... —continuó Humpty Dumpty muy solemne mientras cruzaba las piernas y apoyaba sus manos enlazadas en las rodillas— me lo regalaron... como regalo de no-cumpleaños.

—¿Perdón? —dijo Alicia un poco confusa.

—No hace falta que pidas perdón, no me he enfadado —respondió Humpty Dumpty.

—Quiero decir... ¿En qué consiste un regalo de no-cumpleaños? —preguntó Alicia.

—En un regalo que se le hace a la gente cuando no es su cumpleaños, evidentemente.

Alicia pensó en aquello un rato.

—Yo prefiero los regalos de cumpleaños —dijo al final.

—¡No sabes lo que dices! —replicó Humpty Dumpty—. ¿Cuántos días tiene un año?

—Trescientos sesenta y cinco —contestó Alicia.

—¿Y cuántos días de cumpleaños tienes?

—Uno.

—Y si le quitas uno a trescientos sesenta y cinco, ¿cuántos te quedan? —preguntó Humpty Dumpty

—Trescientos sesenta y cuatro.

Humpty Dumpty la miró incrédulo.

—Creo que preferiría verlo escrito sobre papel —le dijo a Alicia.

A Alicia le resultaba difícil aguantar la sonrisa mientras sacaba su cuaderno de notas y hacía frente a él la siguiente operación:

$$
\begin{array}{r}
365 \\
-\ 1 \\
\hline
364
\end{array}
$$

Humpty Dumpty tomó el cuaderno y lo observó con atención.

—Parece que lo has hecho correctamente... —comentó.

—¡Pero si lo está mirando al revés! —interrumpió Alicia.

—¡Es cierto! —contestó divertido Humpty Dumpty dándole la vuelta—. Ya me parecía a mí un poco raro. Como iba diciendo... creo que lo has hecho bien, aunque la verdad es que no tengo todo el tiempo que querría para comprobarlo mejor, por lo que esto significa que hay trescientos sesenta y cuatro días al año en los que te deberían hacer regalos de no-cumpleaños...

—Así es —dijo Alicia.

—Y solo *uno* para los regalos de cumpleaños. ¡Deberías estar orgullosa!

—No sé lo que quiere decir con eso de «orgullosa» —dijo Alicia.

Humpty Dumpty sonrió con desdén y prosiguió:

—Cuando *yo* uso una palabra, significa lo que yo quiero que signifique.

—El problema —replicó Alicia— es que una sola palabra puede significar muchas cosas diferentes.

—Aquí el único problema es saber quién manda, si las palabras o yo —dijo Humpty Dumpty.

Alicia estaba demasiado confusa como para contestar nada y Humpty Dumpty aprovechó para continuar:

—Tienen mucho carácter. Sobre todo los verbos, son los más orgullosos de todos. Con los adjetivos puedes hacer lo que quieras, pero no con los verbos. Pero yo puedo con todos. ¡Impenetrabilidad! Eso es lo que yo digo.

—¿Y me podría explicar qué significa eso?

—¡Ajá! Veo que ya te comportas como una niña razonable —dijo Humpty Dumpty muy satisfecho—. Cuando digo «Impenetrabilidad» me refiero a que este tema ya está agotado y que deberías decirme qué te apetece hacer ahora, ya que no creo que quieras quedarte ahí como un pasmarote para siempre.

—Nunca había pensado que una palabra pudiera significar tantas cosas —respondió Alicia muy pensativa.

—Bueno, cuando hago trabajar tanto a una palabra, siempre le doy una propina al final —contestó Humpty Dumpty.

—¡Ah! —dijo Alicia, y ya no se le ocurrió comentar nada más.

—Y tendrías que verlas cuando vienen a verme el sábado por la noche —continuó Humpty Dumpty, moviendo la cabeza de un lado a otro—; es cuando les doy la paga, ¿sabes?

(A Alicia se le olvidó preguntar con qué les pagaba, por eso tampoco yo *os* lo puedo contar.)

—Parece que se le da muy bien esto de explicar las palabras, señor —dijo Alicia—. ¿Me podría explicar un poema que se titula *El Jabberwocky*?

—Recítamelo —dijo Humpty Dumpty—. Soy capaz de explicar todos los poemas que se han inventado y un buen número de los que ni siquiera se han inventado todavía.

Y como aquello sonaba ciertamente esperanzador Alicia recitó la primera estrofa:

> Cuando los bejones cafaban, pesquían,
> llaía la tarde en la montananza
> por mares y ríos y solarenías
> con sus górobes negros y sus cochinanzas.

—Es suficiente, aquí ya hay muchas palabras para empezar —interrumpió Humpty Dumpty—. «Cafaban» significa que «cazaban fácilmente».

—Eso está muy bien —dijo Alicia—. ¿Y «pesquían»?

—«Pesquían» significa que «pescaban en la ría», si fuera en el mar sería «pescaman».

—Ahora lo entiendo —dijo Alicia pensativa—. ¿Y qué son los «bejones»?

—Los bejones son parecidos a los tejones, aunque también tienen algo de lagartos y se parecen mucho a los sacacorchos.

—Deben de ser unas criaturas muy curiosas.

—Lo son, realmente —continuó Humpty Dumpty—; por lo que yo sé, construyen sus madrigueras bajo los relojes de sol y les encanta el queso.

—¿Y qué significa «llaía la tarde»?

—«Llaía la tarde» significa que cuando caía la tarde estaba lloviendo, son dos significados mezclados en una sola palabra.

—Entonces «solarenías» es el trozo de arena que hay bajo un reloj de sol, ¿verdad? —dijo Alicia sorprendida de su propio ingenio.

—Así es. Se le llama «solarenía» porque es la sombra que deja el sol en la arena... Prosigamos, «Montananza» es cuando en lontananza hay una montaña y los «górobes» son unos pájaros escuálidos con plumas por todas partes, parecidos a una fregona.

—¿Y las «cochinanzas»? Lo siento, creo que le estoy dando un montón de trabajo...

—Las cochinanzas son una especie de cerdos de color verde. No estoy muy seguro, pero creo que la palabra se refiere a que son cerdos que siempre están en andanzas, me parece que perdieron su casa o algo parecido, y se pasan la vida buscándola. Por cierto, ¿de dónde has sacado esta poesía tan complicada?

—La leí en un libro —respondió Alicia—, pero también me sé otro poema mucho más fácil que me recitó... Tweedledee, creo.

—Si hablamos de poesía —dijo Humpty Dumpty extendiendo las manos muy solemnemente—, yo soy la persona que mejor recita en el mundo, si se da la ocasión.

—¡Pero quizá no haya ocasión! —dijo Alicia rápidamente, temiendo que se pusiera a recitar de inmediato.

—El poema que me dispongo a recitarte —prosiguió sin hacer ningún caso— fue escrito única y exclusivamente para tu disfrute.

Alicia pensó que en tal caso no le quedaba más remedio que escucharlo, de modo que se sentó y dijo con voz un poco triste:

—Muchas gracias.

> En invierno, cuando todo está blanco,
> yo te dedico a ti este canto.

—Prefiero no cantarlo —explicó Humpty Dumpty.

—Ya veo —dijo Alicia.

—Si pudieras ver un canto, tendrías los ojos más potentes del mundo... —replicó Humpty Dumpty con severidad y Alicia decidió callarse.

> En primavera, cuando todo está verde,
> yo ando que me muero por verte.

—Muchas gracias —dijo Alicia.

> En verano, cuando hace calor,
> si me miras entenderás mi dolor.

> Y en otoño, con las hojas marrones,
> me inventaré para ti más canciones.

—Gracias, pero no será necesario —dijo Alicia.

—No hace falta que hagas comentarios a los poemas —dijo Humpty Dumpty—, lo único que consigues es que pierda la concentración.

> Le puse este mensaje al pez:
> «Harás lo que quiero esta vez».

> Pero el pequeño pez del mar
> pronto me fue a contestar.

> La respuesta a la moción:
> «no puedo hoy, la razón...».

—Me temo que no entiendo nada —dijo Alicia.

—No te preocupes, lo que sigue a partir de ahora es más sencillo.

> Le envié allí de nuevo:
> «Obedece, te lo ruego».

> El pez contestó muy fresco:
> «¡Pues de vaya humor te has puesto!».

Una, dos, tres veces luego
le repetí allí mi ruego.

Agarré una cafetera
para hacer mejor la prueba.

Y la llené hasta los topes
con el corazón al galope.

Pero entonces me avisaron
de que el pez se había acostado.

Yo grité con muchas ganas:
«¡Que lo saquen de la cama!».

Lo dije fuerte y con ruido
gritándole en el oído.

Y allí Humpty Dumpty elevó tanto la voz que aquello se convirtió en un grito mientras repetía aquel verso.

Alicia pensó de pronto: «No me gustaría ser el recadero por nada del mundo».

Y el recadero impaciente:
«Lo he oído perfectamente».

Y como estaba moscón:
«Iré con la condición...».

«Lo haré yo mismo, demonios»,
y tomé un buen sacacorchos.

Mas la puerta estaba atrancada
y le pegué tres patadas.
Probé con el tirador
y entonces descubrí, señor...

Luego se quedó en silencio.

—¿Termina así? —preguntó Alicia tímidamente.

—Termina así —dijo Humpty Dumpty—. Adiós.

A Alicia aquella le pareció una manera un poco brusca de terminar la conversación, pero la verdad es que no parecía muy educado quedarse después de semejante final, así que se levantó y le dio la mano:

—¡Adiós, hasta pronto! —dijo todo lo alegremente que pudo.

—Si nos volvemos a encontrar no creo que te reconozca —replicó Humpty Dumpty con tono desagradable y ofreciéndole solo uno de sus dedos—. Eres exactamente igual que cualquier otra persona.

—Me podría reconocer por la cara —dijo Alicia compungida.

—De eso es de lo que me quejo —respondió Humpty Dumpty—; tienes una cara como la de todo el mundo, ya sabes, dos ojos... (y mientras hablaba los señalaba con el dedo), la nariz en el centro, la boca debajo... Siempre es igual. Si por lo menos tuvieras los dos ojos a un lado de la nariz, o la boca encima, eso ayudaría un poco.

—Pero no quedaría muy bien —contestó Alicia.

—No lo sabrás si no lo intentas —dijo Humpty Dumpty cerrando los ojos.

Alicia esperó un rato para ver si decía algo más pero como ni abría los ojos ni parecía prestarle más atención repitió:

—¡Adiós!

Tampoco recibió respuesta, así que se alejó tranquilamente, pero no podía evitar repetir en su interior: «Hay que ver lo insatisfactoria... (lo dijo en voz alta, porque estaba encantada de poder decir una palabra tan larga) Hay que ver lo insatisfactoria que es la gente con la que me cruzo...», pero no pudo terminar la frase porque en aquel instante un gran estrépito cruzó el bosque de parte a parte.

Capítulo VII

EL LEÓN
Y EL UNICORNIO

No tardaron en aparecer unos soldados marchando. Al principio lo hicieron en grupos de dos y de tres, después de diez y de veinte a la vez, y al final en comitivas tan grandes que llenaron todo el bosque. Alicia se puso detrás de un árbol por miedo a que la atropellaran y les observó pasar.

Pensó que nunca antes había visto a unos soldados que marcharan más inseguros que aquellos: tropezaban constantemente; si no era con una cosa, era con la otra, y cuando uno se caía, varios de ellos se iban también al suelo tras él, hasta tal punto que toda aquella extensión se cubrió enseguida de pequeñas pilas de hombres.

Después llegaron los caballos. Al tener cuatro patas se las arreglaron mejor que los soldados a pie, pero hasta ellos se tropezaban de vez en cuando; y parecía ser la regla general que cuando un caballo tropezaba el jinete caía al suelo inmediatamente. La confusión era cada vez mayor y Alicia se alegró de poder alejarse hasta un pequeño claro en el que se encontró al Rey Blanco sentado en el suelo y muy atareado escribiendo en su cuadernillo de notas.

—¡Los he enviado a todos! —exclamó el Rey encantado al ver a Alicia—. ¿Te has cruzado por casualidad con unos soldados al atravesar el bosque, querida?

—Sí —contestó Alicia—, con varios miles, diría yo.

—Cuatro mil doscientos siete, ese es el número exacto —dijo el Rey mirando en su cuaderno—. No he enviado a todos los caballos porque se necesitan dos para el juego. Y tampoco he enviado a los Mensajeros. Se habían ido los dos al pueblo. Mira por el camino y dime si puedes ver a alguno de ellos.

—Nadie se acerca por el camino —dijo Alicia.

—Ya me gustaría a mí tener esa vista —comentó el Rey con tono inquieto—. ¡Ser capaz de ver a Nadie! ¡Y desde esa distancia, además! ¡Con esta luz lo máximo que yo conseguiría ver sería a personas reales!

Pero Alicia seguía mirando el camino atentamente, poniéndose la mano como visera, y no se enteró demasiado de lo que le decía el Rey.

—¡Ahora veo a alguien! —exclamó por fin—. Pero viene muy despacio... ¡y qué manera más curiosa de andar! (Y es que el Mensajero iba brincando arriba y abajo moviéndose como una anguila con sus enormes manos abiertas a ambos lados como si fueran abanicos.)

—En absoluto —dijo el Rey—. Es un Mensajero anglosajón... y esa es la manera anglosajona de caminar. Solamente lo hace cuando está contento. Se llama Haigha. (Lo pronunció de tal forma que rimaba con «caiga».)

—Yo quiero a mi amor con una H —no pudo evitar decir Alicia jugando a las letras— porque es Hábil. Le odio con una H porque es Horroroso. Le alimento con... con... sándwich de Habas y con Heno. Se llama Haigha y vive en...

—Vive en la Hacienda —comentó el Rey sin tener la más mínima idea de que estaba participando en el juego mientras que Alicia seguía pensando en el nombre de un pueblo que empezara con H—. El otro mensajero se llama Hatta. *Debo* tener dos, ¿sabes?... uno para ir y otro para venir. Uno va y el otro viene.

—Disculpe, ¿cómo dice? —preguntó Alicia.

—No está bien disculparse —dijo el Rey.

—Quería decir que no le he entendido —se explicó Alicia—. ¿Por qué uno para ir y el otro para venir?

—¿No te lo he dicho ya? —repitió el Rey impacientemente. He de tener *dos...* para traer y llevar. Uno para traer y el otro para llevar.

En ese momento llegó el Mensajero. Parecía demasiado cansado como para decir palabra y solo pudo agitar las manos y poner unas caras espantosas cuando se dirigía al Rey.

—Esta jovencita te quiere con una H —dijo el Rey presentando a Alicia con la esperanza, tal vez, de que el mensajero dejara de embelesarse en sí mismo, pero no sirvió de nada... aquellas supuestas maneras anglosajonas se volvían cada vez más extraordinarias y sus enormes ojos giraban como locos de un lado a otro.

—¡Me estás asustando! —dijo el Rey—. Creo que me voy a desmayar... ¡Dame un sándwich de habas!

A lo que el Mensajero respondió, para asombro de Alicia, abriendo un bolso que llevaba al cuello y ofreciéndole un sándwich que el Rey devoró con ansia.

—¡Otro sándwich! —dijo el Rey.

—Solo me queda de heno —respondió el Mensajero mirando dentro del bolso.

—Que sea de heno entonces —dijo el Rey en un débil susurro.

Alicia se alegró al ver lo mucho que le había reanimado.

—No hay nada como el heno cuando te vas a desmayar —comentó sin dejar de masticar.

—Tal vez sería mejor un jarro de agua fría... —sugirió Alicia— o quizá unas sales.

—Yo no he dicho que no hubiera nada *mejor* —contestó el Rey—. He dicho que no había nada *como* el heno.

Alicia no se atrevió a llevarle la contraria.

—¿Con quién te has cruzado en el camino? —continuó el Rey, extendiendo la mano al Mensajero para que le diera más heno.

—Con nadie —dijo el Mensajero.

—Debe de ser cierto —contestó el Rey—, porque esta jovencita también le ha visto. Parece estar claro entonces que Nadie camina más despacio que tú.

—Lo hago lo mejor que puedo —respondió el Mensajero en tono huraño—. ¡Estoy seguro de que nadie camina más rápido que yo!

—No creo que lo haga —dijo el Rey—, porque en ese caso Nadie habría llegado primero. Pero, en fin, recupera el aliento y cuéntanos qué ha sucedido en el pueblo.

—Lo susurraré —contestó el Mensajero poniéndose las manos en la boca en forma de trompeta y agachándose para llegar hasta la oreja del Rey. A Alicia le dio un poco de rabia porque ella también quería escuchar las noticias. Pero en vez de susurrar lo gritó con todas sus fuerzas:

—¡Han vuelto a lo mismo!

—¿A *eso* le llamas susurrar? —gritó el pobre Rey saltando y sacudiéndose—. ¡Si vuelves a hacer algo así, haré que te unten de mantequilla! ¡Me ha resonado en la cabeza como si fuera un terremoto!

«¡Ha debido ser un terremoto muy pequeño!», pensó Alicia.

—¿Quién ha vuelto a lo mismo? —se atrevió a preguntar.

—El León y el Unicornio, evidentemente —dijo el Rey.

—¿Luchan por la corona?

—No me cabe la menor duda —dijo el Rey—: ¡Y lo más gracioso de todo es que siempre ha sido mi corona! Rápido, vayamos a verlos.

Y se fueron trotando. Alicia iba repitiendo para sí las palabras de aquella vieja canción mientras corría:

> El León y el Unicornio luchaban con ardor;
> tremendo espectáculo, tremendo, señor.
> De los dos el más fuerte, sin duda, era el León,
> que le dio al Unicornio más de un buen capón.
> Unos les daban pan blanco, otros marrón,
> unos pastel de ciruela, otros de roquefort.
> Y al final de la pelea, que acabó con el ardor,
> los echaron de aquel pueblo al compás de un tambor.

—¿Y el que gana... se queda con la corona? —preguntó Alicia como pudo porque la carrera la había dejado sin aliento.

—¡No, qué horror! —exclamó el Rey—. ¡Vaya una idea!

—¿No sería... tan amable... —jadeó Alicia mientras corría— de parar un momento... solo... para recuperar la respiración?

—Soy muy *amable* —contestó el Rey, lo que no soy es *fuerte*. Verás, los minutos pasan terriblemente deprisa. ¡Es como intentar parar a un pájaro Creps!

A Alicia no le quedaba aliento para preguntar nada más, así que siguieron trotando en silencio hasta que avistaron una muchedumbre en cuyo centro luchaban el León y el Unicornio. Estaban rodeados de tal nube de polvo que al principio Alicia ni siquiera pudo distinguir quién era quién, pero enseguida identificó al Unicornio por el cuerno.

Se pusieron cerca de Hatta, el otro Mensajero, que estaba viendo la pelea con una taza de té en una mano y una tostada de pan con mantequilla en la otra.

—Acaba de salir de la cárcel y eso que ni siquiera se había terminado el té cuando lo encerraron —susurró Haigha a Alicia—. Durante todo este tiempo solamente le han dado de comer caparazones de ostras, no es extraño que tenga tanta hambre y tanta sed, el pobre... ¿Cómo estás, querido? —continuó poniendo el brazo de forma afectuosa alrededor del cuello a Hatta.

Hatta le miró y asintió con la cabeza, luego siguió con su tostada.

—¿Has sido feliz en prisión, querido? —preguntó Haigha.

Hatta le volvió a mirar y le cayeron dos lagrimones por las mejillas, pero siguió sin decir una palabra.

—¿No vas a decir nada? —preguntó Haigha con impaciencia. Pero Hatta solo masticó y bebió más té.

—¡Vamos, di algo! —exclamó el Rey—. ¿Cómo va la pelea?

Hatta hizo un esfuerzo enorme y tragó un buen trozo de tostada.

—Van muy bien —contestó con voz apagada—. Cada uno ha caído unas ochenta y siete veces.

—Entonces supongo que no tardarán en traer el pan blanco y el marrón... —se atrevió a comentar Alicia.

—Se espera que llegue de un momento a otro —dijo Hatta—; de hecho, yo ya me estoy comiendo un poco.

Hubo una pausa en la pelea y el León y el Unicornio se sentaron jadeantes mientras el Rey gritaba:

—¡Diez minutos para tomar algo!

Haigha y Hatta se pusieron manos a la obra llevando bandejas de un lado para otro con pan blanco y marrón. Alicia tomó un pedazo para probarlo, pero estaba *muy* seco.

—No creo que sigan con la pelea hoy —comentó el Rey a Hatta—; vete ya y ordena que empiecen con los tambores.

Hatta desapareció dando brincos como un saltamontes. Alicia se quedó durante un rato en silencio observándole. De pronto se iluminó.

—¡Mirad, mirad! —exclamó señalando entusiasmada—. ¡Ahí está la Reina Blanca corriendo por el campo! Ha salido volando de ese bosque que está a lo lejos... ¡Qué rápido *corren* estas Reinas!

—Sin duda la estará persiguiendo algún enemigo —comentó el Rey sin siquiera volver la mirada—. Ese bosque está lleno de ellos.

—¿Pero es que no piensa ir corriendo a ayudarla? —preguntó Alicia muy sorprendida de que se lo tomara tan a la ligera.

—¡No merece la pena, no merece la pena! —contestó el Rey—. Corre increíblemente deprisa. ¡Es como intentar parar a un pájaro Creps! Pero lo incluiré en mi cuaderno de notas, si quieres... Es una criatura encantadora —repitió dulcemente para sí mismo mientras abría su cuaderno—. ¿Sabes si «criatura» se escribe con acento?

En aquel preciso instante el Unicornio pasó junto a ellos con las manos en los bolsillos.

—¿No cree que esta es una de las veces que mejor lo he hecho? —le preguntó al Rey mirándole cuando pasaba delante de él.

—No está mal... no está mal... —contestó el Rey bastante nervioso—. Aunque no deberías haberle atravesado con el cuerno, ya lo sabes.

—No le ha dolido nada —dijo el Unicornio despreocupado, y ya se disponía a seguir su paseo cuando su mirada se posó en Alicia por casualidad: dio media vuelta de inmediato y se quedó un tiempo mirándola como si le produjera un enorme desagrado.

—¿Qué... es... esto? —dijo al fin.

—¡Es una niña! —respondió Haigha entusiasmado, poniéndose frente a Alicia para presentarla y le ofreció ambas manos a la manera anglosajona—.

Nos la hemos encontrado hoy. ¡Es tan grande como la vida misma y el doble de natural!

—¡Siempre pensé que eran monstruos fabulosos! —dijo el Unicornio—. ¿Está viva?

—Y hasta puede hablar —respondió Haigha solemnemente.

El Unicornio miró a Alicia como si estuviera soñando y dijo:

—Habla, niña.

Alicia no pudo evitar sonreír cuando contestó:

—¿Sabe qué? Yo también había pensado siempre que los Unicornios eran monstruos fabulosos. ¡Nunca antes había visto uno con vida!

—Bueno, pues ahora que ya nos conocemos —dijo el Unicornio—, si tú crees en mí, yo también creeré en ti. ¿Trato hecho?

—Por supuesto, si usted quiere —dijo Alicia.

—¡Vamos anciano, saca el pastel de ciruela! —continuó el Unicornio, volviéndose hacia el Rey—. ¡A mí no me deis ese pan marrón vuestro!

—¡Es cierto! —murmuró el Rey e hizo una señal a Haigha—. ¡Abre el bolso! ¡Rápido! No, ese no... ¡ese está lleno de heno!

Haigha sacó una enorme tarta del bolso y se la dio a Alicia para que la sostuviera mientras él sacaba un plato y un cuchillo para cortarla. Alicia no podía creer que todo aquello hubiese salido del bolso de Haigha. Parecía un truco de magia.

También el León se había unido a ellos. Parecía muy cansado y con sueño, y tenía los ojos medio cerrados.

—¿Qué es esto? —preguntó pestañeando perezoso sin dejar de mirar a Alicia. Su voz tenía un tono profundo y cavernoso que sonaba como el repicar de una enorme campana.

—¿Que qué es esto? —exclamó el Unicornio impacientemente—. ¡No lo adivinarás ni en mil años! *Yo* no he podido.

El León miró a Alicia con cansancio.

—¿Eres animal... o vegetal... o mineral? —preguntó bostezando a cada palabra.

—¡Es un monstruo fabuloso! —exclamó el Unicornio antes de que Alicia pudiera contestar.

—Entonces acércanos ese pastel de ciruelas, monstruo —dijo el León tumbándose en el suelo y apoyando la barbilla sobre las zarpas—. Y vosotros dos —se dirigió al Rey y al Unicornio—, sentaos aquí y que nadie haga trampas con el pastel.

El Rey estaba evidentemente muy incómodo por tener que sentarse entre las dos enormes criaturas, pero no había otro sitio para él.

—¡*Ahora* es el momento de disputarnos la corona! –dijo el Unicornio, mirando con picardía la corona que al pobre Rey estaba a punto de caérsele de la cabeza por lo mucho que temblaba.

—Te gano con facilidad —dijo el León.

—No estoy tan seguro de eso —respondió el Unicornio.

—¡Pero si te he dado una paliza por todo el pueblo, gallina! —respondió enfadado el León levantándose.

En ese punto les interrumpió el Rey para evitar que siguieran con la disputa: estaba muy nervioso y le temblaba la voz.

—¿Por todo el pueblo? —preguntó—. Eso es un trecho muy largo... ¿Habéis ido por el puente antiguo o por la plaza mayor? Desde el puente antiguo se tiene la mejor vista de todas.

—Me temo que no lo sé —rugió el León volviéndose a tumbar—. Había demasiado polvo para ver algo. ¡Sí que tarda el monstruo en cortar ese pastel!

Alicia se había sentado a la orilla de un pequeño arroyo con el enorme plato sobre las rodillas y lo partía diligentemente con el cuchillo.

—¡Es muy frustrante! —contestó Alicia (se estaba acostumbrando ya a que la llamaran «monstruo»)—. He cortado varios pedazos ya, ¡pero siempre se vuelven a unir!

—Eso es porque no sabes cómo funcionan las tartas del espejo —comentó el Unicornio—. Repártela primero entre todos y córtala después.

A Alicia la idea le pareció un poco absurda, pero se levantó obedientemente y les llevó el plato. El pastel se partió en tres trozos sin que ella lo tocara.

—*Ahora* córtala —dijo el León mientras Alicia volvía con el plato vacío.

—¡No es justo! —exclamó el Unicornio cuando Alicia se sentó con el cuchillo en la mano—. ¡El monstruo le ha dado al León el doble que a mí!

—Pero ella se ha quedado sin nada —dijo el León—. ¿Quieres pastel de ciruela, monstruo?

Antes de que Alicia pudiera responder se oyeron los tambores.

No pudo distinguir de dónde venía el ruido: el aire parecía estar lleno de él, y retumbaba cada vez más hasta que se hizo ensordecedor. Se puso de pie y saltó el pequeño arroyo asustada.

✳✳✳

Antes de caer sobre sus rodillas y cubrirse las orejas con las manos intentando protegerse del terrible alboroto, solo le quedó tiempo para ver al León y al Unicornio levantarse enfadados por aquella interrupción del banquete.

«Como no consigan echarles del pueblo con esos tambores —pensó—, no sé cómo van a conseguirlo...»

CAPÍTULO VIII

ES INVENCIÓN MÍA

P oco después, el ruido se fue apagando lentamente hasta convertirse en un silencio sepulcral y Alicia levantó la cabeza un poco alarmada. No se veía a nadie alrededor, así que lo primero que pensó fue que lo más probable era que hubiera soñado lo del León y el Unicornio y lo de todos aquellos extraños Mensajeros anglosajones. Sin embargo, el enorme plato en el que había intentado partir la tarta de ciruelas seguía estando a sus pies.

«Después de todo, parece que no lo he soñado —se dijo a sí misma—, a menos que... a menos que todos nosotros formemos parte del mismo sueño. ¡En ese caso espero que sea mi sueño y no el del Rey Rojo! No me haría ninguna gracia estar en el sueño de otra persona —continuó Alicia en tono quejumbroso—. ¡Lo mejor será que vaya a despertar al Rey Rojo para saber lo que sucede!»

Algo interrumpió sus pensamientos en ese punto, oyó unas fuertes voces que decían:

—¡Atención! ¡Atención! ¡Jaque!

Alicia vio a un Caballero vestido con una armadura roja que galopaba hacia ella blandiendo un enorme garrote. Justo cuando llegó hasta ella, el caballo frenó en seco.

—¡Eres mi prisionera! —exclamó el Caballero y, acto seguido, se cayó del caballo.

Alicia estaba tan sorprendida que se asustó más por él que por ella misma. Le observó con preocupación mientras se montaba otra vez en el caballo. En cuanto se hubo sentado cómodamente en su silla, empezó a decir de nuevo:

—Eres mi... —pero apenas había empezado a hablar cuando le interrumpió otra voz que decía:

—¡Atención! ¡Atención! ¡Jaque! Alicia se dio media vuelta asustada para ver al nuevo enemigo.

Esta vez era el Caballero Blanco. Se acercó hasta donde estaba Alicia y se cayó del caballo igual que había hecho el Caballero Rojo, después se subió de nuevo, y los dos Caballeros permanecieron sentados mirándose el uno al otro durante un tiempo sin mediar palabra. Alicia les observó perpleja.

—¡Es *mi* prisionera! —dijo por fin el Caballero Rojo.

—¡Pues en ese caso *yo* la rescato! —contestó el Caballero Blanco, poniéndose el casco que hasta ese momento había estado colgando de la silla y tenía forma de cabeza de caballo—. ¿Respetarás las reglas de la batalla? —preguntó mientras su oponente iba poniéndose también el casco.

—Siempre lo hago —respondió el Caballero Rojo y empezaron a aporrearse con tanta furia que Alicia se refugió detrás de un árbol para no recibir ningún golpe.

«Me pregunto cuáles serán las reglas de la batalla —pensó Alicia mientras observaba la pelea tímidamente desde su escondite—. Una de las reglas parece ser que, si un Caballero golpea al otro, lo derriba del caballo; y otra que, si falla, se tiene que caer él mismo... y debe de ser una regla también que tienen que sostener los garrotes con los brazos juntos como si fueran marionetas... ¡Y vaya ruido que hacen cuando se caen! ¡Igual que cuando se caen todos los atizadores de la chimenea! ¡Y qué tranquilos están los caballos! ¡Les dejan subirse y bajarse de ellos como si fueran mesas!»

Otra regla de la batalla que Alicia no había notado parecía ser que siempre caían de cabeza. De hecho, la pelea terminó con los dos cayendo de aquella manera, uno junto al otro. Cuando se levantaron, se dieron un apretón de manos y después el Caballero Rojo montó de nuevo y se fue al galope.

—Ha sido una victoria gloriosa, ¿verdad? —dijo el Caballero Blanco jadeando todavía.

—No lo sé —dudó Alicia—. No tengo ganas de ser la prisionera de nadie. Yo quiero ser Reina.

—Y lo serás cuando cruces el siguiente arroyo —dijo el Caballero Blanco—. Te acompañaré hasta que llegues sana y salva al final del bosque... y después regresaré. Así acaba mi jugada.

—Muchas gracias —dijo Alicia—. ¿Le ayudo con su casco?

Parecía evidente que era incapaz de hacerlo él solo y Alicia consiguió liberarle de él.

—Por fin puedo respirar —dijo el Caballero peinándose hacia atrás y volviendo su dulce rostro y sus ojos afables hacia Alicia.

Ella pensó que nunca había visto a un soldado con una apariencia tan extraña en toda su vida. Iba vestido con una armadura de hojalata que le sentaba bastante mal, y llevaba un cofre de madera de pino de una forma extraña atado a los hombros y con la tapa colgando hacia abajo. Alicia lo miró con mucha curiosidad.

—Veo que estás admirando mi pequeño cofre —comentó el Caballero en tono amistoso—. Es una invención mía... para guardar la ropa y los sándwiches. Habrás visto que lo llevo al revés, es para que no le entre la lluvia.

—Pero así se salen las cosas —dijo Alicia dulcemente—. ¿Se ha dado cuenta de que la tapa está abierta?

—No me había dado cuenta —comentó el Caballero y una sombra de disgusto le oscureció la cara—. ¡Entonces se me habrá caído todo! Y el cofre no sirve de nada sin las cosas que llevaba en él.

Se lo desabrochó mientras hablaba, y ya estaba a punto de lanzarlo a los arbustos cuando un pensamiento repentino pareció hacerle cambiar de opinión y lo colgó cuidadosamente de un árbol.

—¿A que no adivinas para qué he hecho eso? —le preguntó a Alicia.

Alicia sacudió la cabeza.

—Con la esperanza de que las abejas aniden aquí... así me quedaré con la miel.

—Pero si ya tiene una colmena o algo parecido... ahí junto a su silla —dijo Alicia.

—Sí, es una buena colmena —dijo el Caballero un poco triste—, una de las mejores. Pero todavía no se ha acercado a ella ni una sola abeja. Y esto otro es una trampa para ratones. Creo que los ratones espantan a las abejas... o las abejas a los ratones, no recuerdo cuál asustaba a cuál.

—Ya me estaba yo preguntando para qué servía la trampa de ratones —dijo Alicia—. Pero no parece muy probable que haya ratones en el lomo de un caballo.

—Quizá no sea muy probable —dijo el Caballero—, pero la verdad es que sí vienen, yo no he elegido que vayan corriendo por ahí. Siempre hay que estar prevenido para *todo*. Por eso lleva el caballo esos brazaletes en las patas.

—Pero, ¿para qué sirven? —preguntó Alicia con gran curiosidad.

—Para protegerlo de las mordeduras de los tiburones —contestó el Caballero—. Es una invención mía. Te acompañaré hasta el final del bosque... ¿Para qué quieres ese plato?

—Es para la tarta de ciruelas —contestó Alicia.

—Entonces lo mejor será que nos lo llevemos —dijo el Caballero—. Nos será de ayuda si encontramos alguna. Ayúdame a meterlo dentro de este bolso.

Aunque Alicia trató de abrir el bolso con mucho cuidado, aquello les llevó mucho más tiempo de lo previsto porque el Caballero metía el plato de manera *muy* extraña y las dos o tres primeras veces que lo intentó se cayó él mismo dentro.

—Entra muy justo, ¿no te parece? Me temo que hay demasiados candelabros dentro del bolso —dijo cuando lo consiguió meter por fin mientras lo colgaba de la silla que ya estaba cargada con racimos de zanahorias, atizadores y muchas otras cosas—. Espero que lleves el pelo bien sujeto —siguió diciendo cuando emprendió la marcha.

—Lo llevo sujeto como siempre —contestó Alicia sonriendo.

—Eso no será suficiente —replicó inquieto—; verás, aquí el viento sopla muy fuerte. Tan fuerte que parece sopa.

—¿Y tiene usted alguna invención para que el pelo no salga volando? —preguntó Alicia.

—Todavía no —dijo el Caballero—. Pero sí he pensado en algo para que *no se caiga*.

—Me encantaría escucharlo.

—Primero se pone un palo derecho —explicó el Caballero— y luego se hace que el pelo vaya escalando por él como si fuera una planta trepadora. El pelo se cae porque cuelga hacia abajo, pero si se sostuviera hacia arriba no podría caerse. Es solo un proyecto para una invención, pero puedes intentarlo si quieres.

Alicia pensó que no parecía un plan especialmente cómodo y durante unos minutos caminó en silencio, dándole vueltas a la idea y ayudando a aquel pobre Caballero que parecía todo *menos* un buen jinete. Cada vez que se paraba el caballo (y eso sucedía muy a menudo) se caía hacia delante, y cuando retomaba la marcha (algo que en general hacía bruscamente) se caía hacia atrás. Por lo demás, se mantenía bastante bien si no fuera porque a veces tenía también la costumbre de caerse hacia los lados y como casi siempre lo hacía en el lado en el que estaba ella, Alicia decidió que lo más seguro era no caminar *demasiado* cerca.

—No parece que tenga mucha práctica montando a caballo —se atrevió a decir la quinta vez que le ayudó a subirse tras una caída.

El Caballero la miró perplejo y un poco ofendido por el comentario.

—¿Por qué lo dices? —preguntó mientras se encaramaba a la silla agarrándose al pelo de Alicia con una mano para evitar caerse hacia el otro lado.

—Porque una persona con experiencia no se suele caer tanto.

—Yo tengo mucha experiencia —respondió muy serio el Caballero—. ¡Pero que mucha experiencia!

A Alicia no se le ocurrió nada mejor que contestar:

—¿En serio?

Pero lo preguntó lo más amablemente que pudo. Después de aquello permanecieron en silencio un rato, el Caballero con los ojos cerrados mientras murmuraba entre dientes y Alicia observándole preocupada por si se caía de nuevo.

—El maravilloso arte de montar —dijo de pronto el Caballero en voz alta agitando el brazo derecho mientras hablaba— consiste en mantener...

Pero la frase terminó bruscamente porque el Caballero se fue al suelo de cabeza justo en el lado en el que estaba Alicia. Aquella vez se asustó de verdad y mientras le recogía del suelo le comentó con preocupación:

—Espero que no se haya roto ningún hueso.

—No, que yo sepa —contestó el Caballero como si no le importara romperse dos o tres—. El maravilloso arte de montar, como te iba diciendo, consiste en mantener el equilibrio correctamente. Exactamente como lo estoy haciendo ahora, ¿entiendes?

Entonces soltó las bridas y extendió los dos brazos para enseñarle a Alicia a qué se refería, y se cayó de espaldas, justo debajo de las patas del caballo.

—¡Mucha experiencia! —siguió repitiendo mientras Alicia lo levantaba de nuevo—. ¡Mucha experiencia!

—¡Esto es ridículo! —exclamó Alicia, perdiendo un poco la paciencia—. ¡Le iría mejor en un caballito de madera!

—¿Trotan suavemente los de ese tipo? —preguntó el Caballero, realmente interesado, sin dejar de abrazarse al cuello del caballo para evitar caerse de nuevo.

—Mucho más suavemente que un caballo de carne y hueso —contestó Alicia sin poder evitar una pequeña carcajada.

—Me compraré uno entonces —contestó el Caballero como si hablara consigo mismo—. Uno o dos... o incluso varios.

Tras un pequeño silencio el Caballero continuó:

—Se me da muy bien inventar cosas. Supongo que habrás notado que la última vez que me levantaste estaba muy pensativo.

—Estaba usted un poco serio —contestó Alicia.

—Es que estaba inventando una nueva manera de saltar a las vallas... ¿Te gustaría oírlo?

—Me encantaría —respondió educadamente Alicia.

—Te contaré cómo se me ha ocurrido —dijo el Caballero—. Verás, estaba pensando en el asunto cuando se me ha ocurrido que la única dificultad está en los pies, porque la cabeza ya está a la altura. Si primero se pone la cabeza en lo alto de la valla y luego se apoya uno sobre ella se conseguiría que los pies estuvieran también a la misma altura, y en un segundo ya estarías al otro lado.

—Sí, supongo que así conseguiría llegar al otro lado —contestó Alicia muy pensativa—. ¿Pero no le parece que sería muy difícil?

—Todavía no lo he intentado —dijo el Caballero muy serio—, así que no puedo estar seguro... pero me temo que tal vez *sería* un poco difícil.

El Caballero parecía tan confuso que Alicia prefirió cambiar de tema rápidamente.

—¡Qué casco más curioso tiene usted! —dijo animada—. ¿También es invención suya?

El Caballero miró orgulloso el casco que colgaba de la silla.

—Sí —contestó—, pero en una ocasión inventé uno mucho mejor que este... como un pan de azúcar muy grande y con forma de cono. Así, si me caía del caballo, conseguía que la caída fuera *muy* corta... Aunque también existía el peligro de caer *dentro,* cosa que también me ocurrió una vez... y lo peor de todo fue que antes de que pudiera salir, el otro Caballero Blanco vino y se lo puso porque pensó que se trataba de su casco.

El Caballero contaba todas aquellas cosas de una manera tan seria que Alicia no se atrevió a reírse.

—Supongo que se haría daño el pobre —dijo con voz temblorosa—, con todo ese peso sobre su cabeza.

—Tuve que pegarle, por supuesto —dijo el Caballero muy serio—, hasta que se quitó el casco de nuevo... pero nos llevó horas y horas sacarme de allí, lo cual hice más rápido que... que el rayo.

—Pero el rayo es más rápido —objetó Alicia.

El Caballero negó con la cabeza.

—¡Soy capaz de hacerlo a cualquier velocidad que me lo proponga, te lo aseguro! —contestó levantado las manos emocionado, y mientras decía aquello se cayó hacia atrás y fue a dar con la cabeza en un profundo foso.

Alicia se apresuró a acudir al borde del foso para rescatarlo. Aquella vez se asustó mucho porque durante un rato se había mantenido más o menos estable sobre la montura, y ahora era posible que se hubiese hecho daño

de verdad. Aunque no conseguía ver más que las suelas de sus zapatos le alivió oírle hablar como siempre.

—Cualquier velocidad, te lo aseguro —repitió—; pero fue muy descuidado por su parte ponerse el casco de otro hombre... y más aún cuando no había salido de él todavía.

—¿Cómo puede seguir hablando tan tranquilamente boca abajo? —preguntó Alicia tirando hacia arriba de sus pies y ayudándole a tumbarse sobre un saliente junto a la orilla.

Al Caballero pareció sorprenderle la pregunta.

—¿Qué importa en qué posición esté mi cuerpo? Mi mente sigue funcionando de la misma manera. De hecho, cuanto más boca abajo estoy, más cosas nuevas invento —y, tras una breve pausa, continuó—: pero la cosa más ingeniosa que he hecho ha sido inventar un nuevo *pudín* durante el segundo plato.

—¿Y le dio tiempo a cocinarlo antes del postre? —preguntó Alicia—. ¡Vaya, eso sí que es rápido!

—Bueno, no para el postre —respondió el Caballero muy pensativo—; no, desde luego, no para el postre.

—Entonces tuvo que ser para el día siguiente. No creo que se tomara dos platos de *pudín* en la misma cena.

—Bueno, la verdad es que tampoco fue para el día siguiente —repitió de nuevo el Caballero—; desde luego no fue para el día siguiente. De hecho —continuó sujetándose la cabeza hacia abajo y hablando cada vez más bajo—, ¡creo que nunca llegué a cocinar aquel *pudín*! ¡Es más, no creo que nadie lo vaya a cocinar nunca! Y, sin embargo, fue una invención de *pudín* bastante ingeniosa.

—¿Cuáles eran los ingredientes? —preguntó Alicia, intentando consolarle porque el pobre Caballero parecía desanimado por aquella razón.

—El principal era papel secante —contestó el Caballero con un gruñido.

—Me temo que no saldrá demasiado bueno...

—No está bueno si lo tomas solo —interrumpió ilusionado—, pero no te puedes hacer una idea de lo diferente que sabe si lo mezclas con otras cosas... como por ejemplo pólvora y lacre. Y ahora he de marcharme.

Acababan de llegar al final del bosque en aquel momento, pero Alicia seguía perpleja pensando en el *pudín*.

—Estás triste —dijo el Caballero en tono inquieto—, deja que te cante una canción para consolarte.

—¿Es muy larga? —preguntó Alicia, porque ya había escuchado muchas poesías aquel día.

—Es larga —contestó el Caballero—, pero es muy bonita. Todos los que la escuchan... terminan o con lágrimas en los ojos o...

—¿O qué? —preguntó Alicia, porque el Caballero se había callado de pronto.

—O sin lágrimas en los ojos. La canción se llama de esta manera: «Los ojos del bacalao».

—¿Se titula así? —preguntó Alicia, intentando parecer interesada.

—No, no lo entiendes —dijo el Caballero un poco enfadado—. Así es como se llama el título. El nombre de la canción es «El viejo reviejo».

—¿Entonces tendría que haber preguntado cómo se titulaba el título? —corrigió Alicia.

—No, no, eso tampoco: ¡eso es otra cosa totalmente distinta! ¡El título del título es «Caminos y sentidos», pero eso es solo el título!

—Bueno, pero, ¿cómo es la canción? —preguntó Alicia que para entonces ya estaba completamente desconcertada.

—Estaba a punto de decírtelo —respondió el Caballero—. La canción que te voy a cantar a continuación es «Sentado en una valla» y la melodía es invención mía.

Dicho esto, detuvo el caballo y se colgó las riendas al cuello. Llevaba el ritmo con una mano y una leve sonrisa le iluminaba aquella cara dulce e ingenua. Comenzó a cantar con gran placer.

De todas las cosas extrañas que Alicia vio en su viaje *A través del espejo*, aquella fue la que recordaría siempre con mayor nitidez. Años más tarde recordaba toda la escena como si hubiera sucedido hace un minuto... los afables ojos y la tierna sonrisa del Caballero... el sol del atardecer brillando en su pelo y en su armadura que de pronto despedía unos rayos de luz que la deslumbraban... el caballo moviéndose tranquilo, con las riendas colgando alrededor del cuello y pastando la hierba que quedaba a sus pies... las negras sombras del bosque que habían dejado atrás... Todo aquello quedó grabado en su memoria como si se tratara de un cuadro, como si pudiera contemplar aquella extraña pareja desde fuera, apoyada en un árbol, y escuchara medio en sueños la melancólica música de aquella canción.

«Pero la melodía no es invención suya —pensó—, es la misma de "Te doy todo lo que tengo, yo más no puedo"», y permaneció allí escuchando atentamente, pero no le vinieron lágrimas a los ojos.

Era un viejo muy reviejo
el hombre aquel que allí estaba
bien sentado en una valla
y nada extraño había en él.
«Viejo reviejo, ¿quién eres?
¿Cómo te ganas la vida?»
Y su respuesta atrevida
yo nunca la olvidaré.

«Busco mariposas —dijo—
que duermen entre laureles
y las convierto en pasteles
de carne de buen cordero.
Luego salgo por las calles
y se las vendo a los bravos
que cruzan los mares claros,
así gano mi dinero.»

Pero yo estaba pensando
en una nueva invención:
cambiar la coloración
de una barba negra en verde.
Así que seguí insistiendo:
«Viejo reviejo, ¿a qué aspiras?
¿Cómo te ganas la vida?».
Ahí me puse a revolverle.

Dijo: «Voy por los altos caminos
buscando los arroyuelos,
luego les prendo fuego
para hacer una invención:
un aceite de allí saco
que va muy bien para el pelo,
por dos peniques y medio
lo vendo yo al por mayor».

Pero yo estaba pensando
en una nueva invención:
hacer mi alimentación
solo a base de pescado.
Le empujé hacia el otro lado.
«Viejo reviejo, ¿a qué aspiras?
¿Cómo te ganas la vida?»
Le pregunté más cansado.

«Entre los brillantes brezos
busco ojos de tritones
y los convierto en botones
para poner en chalecos.
No me dan mucho por ello,
por una simple moneda
te sale una bolsa llena,
pero tampoco me quejo.»

«También busco mantequilla
entre las playas de arena
y utilizo esta cadena
para pescar mis cangrejos.
Es una gran maravilla
este pequeño tesoro
que he amasado con decoro,
brindemos, señor, por ello.»

Pero yo estaba pensando
en una nueva invención:
un puente de construcción
con barriles de buen vino.
Le agradecí su respuesta
porque mucho me agradaba
aquel hombre que allí estaba
y que brindaba conmigo.

Ahora que de aquel encuentro
ha pasado mucho tiempo
cuando por accidente meto
los dedos en pegamento
o me calzo el pie derecho
en el zapato izquierdo
o se me cae sobre el pie
algo de peso tremendo
recuerdo al viejo reviejo
y lloro porque en el recuerdo
es como si estuviera viendo
su mirada dulce y su hablar cansado,
su pelo blanco como nieve en un árbol,
su cara de urraca y su nariz de pájaro,
sus ojos brillantes como fuego avivado,
su aire alegre y a la vez desgraciado,
su cuerpo que tiembla a uno y otro lado,
sus suspiros de viejo, su hablar murmurado
en aquella tarde que sobre una valla
yo estuve con él y él estuvo a mi lado.

Mientras el Caballero cantaba los últimos versos de su balada, retomó las riendas y dirigió al caballo hacia el camino por el que habían venido.

—Solo te quedan unos metros para bajar la colina y cruzar el arroyo, y entonces serás Reina... ¿Pero podrías esperar un poco para ver cómo me alejo? —preguntó. Y es que Alicia se había dado la vuelta con una mirada impaciente hacia la dirección que le había señalado—. No tardaré demasiado. Espera aquí y agita el pañuelo cuando llegue a esa curva del camino. Estoy seguro de que eso me animará mucho.

—Claro que esperaré —respondió Alicia—, y muchas gracias por acompañarme tan lejos... y por la canción... me ha gustado mucho.

—Eso espero —dijo el Caballero un poco pensativo—, aunque no has llorado tanto como yo esperaba.

Se dieron un apretón de manos, y después el Caballero trotó despacio adentrándose en el bosque.

—Espero que no tarde mucho en perderlo de vista —dijo Alicia para sí mientras se quedaba de pie observándole—. ¡Ahí va! ¡De cabeza al suelo siempre! Pero con qué facilidad se levanta... eso le pasa por tener tantas cosas colgando del caballo...

Siguió hablando sola un rato, mientras veía cómo avanzaba lentamente el caballo, y el Caballero se desplomaba primero a un lado y después al otro. Después de la cuarta o la quinta caída llegó hasta la curva, y ella sacó su pañuelo para despedirle y esperó hasta que desapareció de su vista.

—Espero que le haya animado —dijo mientras empezaba a correr colina abajo—; y ahora a por el último arroyo, y ¡a ser Reina! ¡Qué bien suena! —Unos pocos pasos le bastaron para llegar a la orilla del arroyo—. ¡Por fin la octava casilla! —exclamó dando un salto y recostándose para descansar sobre un césped tan suave como el musgo, con pequeños parterres de flores que lo salpicaban a un lado y a otro.

✳✳✳

—¡Oh, qué contenta estoy de haber llegado hasta aquí! Y, ¿qué es esto que tengo sobre la cabeza? —se preguntó asombrada alzando las manos. Tenía la sensación de que alguien le había puesto algo pesado sobre ella—. ¿Pero cómo ha podido llegar hasta aquí sin que me haya dado cuenta? —se preguntó mientras lo levantaba y lo ponía sobre su regazo para descubrir qué era...

Y era una corona de oro.

Capítulo IX

ALICIA REINA

¡Esto es maravilloso! —exclamó Alicia—. Nunca pensé que fuera a convertirme en Reina tan pronto... y le diré algo más, Su Majestad —continuó en tono severo (porque le encantaba regañarse a sí misma)—. ¡Esas no son formas de estar tumbada sobre el césped! ¡Las Reinas tienen que ser más elegantes!

Se levantó y empezó a caminar... al principio lo hacía muy erguida porque tenía miedo de que se le cayera la corona, pero era agradable que nadie la pudiera ver de momento.

—Si de verdad fuera una Reina —dijo sentándose de nuevo—, sería capaz de organizarme muy bien el tiempo.

Todo era tan extraño que no se sorprendió nada cuando descubrió que la Reina Roja y la Reina Blanca estaban sentadas junto a ella, una a cada lado. Le hubiera encantado preguntarles cómo habían llegado hasta allí, pero dudó si sería correcto.

«Pero tal vez les pueda preguntar —pensó Alicia— si ya ha terminado la partida.»

—Podrían decirme, por favor, si... —empezó mirando tímidamente a la Reina Roja.

—¡Habla cuando se te pregunte! —la interrumpió bruscamente la Reina.

—Pero si todos hiciéramos eso —dijo Alicia que siempre estaba preparada para un poco de discusión—, quiero decir, si solo habláramos cuando nos preguntan y la otra persona siempre esperara a que el otro empezase, nadie diría nunca nada...

—¡Tonterías! —exclamó la Reina—. Pero, niña, ¿no ves que...?— Aquí se detuvo frunciendo el ceño y, después de pensarlo un momento, cambió el tema de conversación de repente—. ¿Qué querías decir con eso de que «si de verdad fueras una Reina»? ¿Qué derecho tienes a llamarte así? No serás Reina hasta que no hayas pasado el examen correspondiente. Y cuanto antes empecemos, mejor.

—¡Yo solo he dicho «si lo fuera»! —suspiró Alicia con tono lastimero.

Las dos Reinas se miraron entre sí, y la Reina Roja comentó con un pequeño escalofrío:

—*Dice* que solo ha dicho «si...».

—¡Pero ha dicho mucho más que eso! —gritó la Reina Blanca retorciéndose las manos—. ¡Oh, mucho más que eso!

—Sí has dicho más, ¿sabes? —dijo la Reina Roja a Alicia—. Di siempre la verdad... piensa antes de hablar... y escríbelo después.

—Yo no quería decir... —replicó Alicia, pero la Reina Roja la interrumpió impaciente.

—¡De eso es precisamente de lo que me estoy quejando! ¡Deberías querer decirlo! ¿Qué sentido tiene decir cosas que no tienen sentido? Hasta los chistes tienen sentido... y una niña vale más que un chiste, ¿no te parece? No podrías negarlo aunque lo intentaras con las dos manos.

—Yo no niego las cosas con las *manos* —objetó Alicia.

—Nadie ha dicho que lo hagas —dijo la Reina Roja—. He dicho que no podrías ni aunque lo intentaras.

—Está en esa fase en la que lo único que quiere es negarlo *todo*... —dijo la Reina Blanca—¡Pero no sabe ni qué negar!

—¡Vaya carácter desagradable que tiene! —comentó la Reina Roja, y después se hizo un incómodo silencio de un par de minutos. La Reina Roja rompió el silencio diciendo a la Reina Blanca:

—Te invito a la cena de Alicia esta tarde.

La Reina Blanca sonrió lánguidamente y respondió:

—Y yo te invito a ti.

—No sabía que fuera a dar una fiesta —dijo Alicia—, pero si voy a dar una, creo que debería ser *yo* quien invitara a los asistentes.

—Ya te dimos la oportunidad de hacerlo —comentó la Reina Roja—, pero me temo que no te han dado muchas clases de modales.

—Los modales no se enseñan en clase —dijo Alicia—. Allí se aprende a sumar y cosas por el estilo.

—¿Sabes sumar? —preguntó la Reina Blanca—. ¿Cuánto es uno más uno más uno más uno más uno más uno más uno más uno más uno?

—No lo sé —contestó Alicia—. He perdido la cuenta.

—No sabe sumar —interrumpió la Reina Roja—. ¿Sabes restar? ¿Cuánto es ocho menos nueve?

—Ocho menos nueve es imposible —contestó Alicia de muy buena gana—, pero al revés...

—No sabe restar —afirmó la Reina Blanca—. ¿Sabes dividir? Divide una rebanada entre un cuchillo... ¿Cuál es el resultado?

—Supongo... —comenzó a decir Alicia, pero la Reina Roja contestó por ella:

—Pan con mantequilla, evidentemente. Probemos con otra resta. Un perro menos un hueso, ¿cuál es el resultado?

Alicia se quedó pensando un rato.

—El hueso no puede ser, porque es lo que estoy restando... y tampoco quedaría el perro porque vendría a morderme... ¡y *yo* tampoco quedaría entonces!

—¿Crees que no quedaría nada? —preguntó la Reina Roja.

—Creo que esa es la solución.

—Mal, como siempre —dijo la Reina Roja—. Te quedaría la paciencia del perro.

—Pero no lo entiendo...

—¡Piensa un poco! —exclamó la Reina Roja—. El perro perdería la paciencia, ¿no es así?

—Quizá sí —contestó Alicia con precaución.

—Entonces, si se fuera el perro, ¡te quedaría su paciencia! —exclamó la Reina triunfal.

Alicia dijo lo más seria que pudo:

—Puede que se fueran por caminos distintos. —Pero no pudo evitar pensar para sus adentros: «¡Qué tonterías *estamos* diciendo!».

—¡No sabes *nada* de cuentas! —exclamaron a coro las dos Reinas con gran énfasis.

—¿Y usted? ¿Sabe *usted* hacer cuentas? —preguntó Alicia volviéndose de pronto hacia la Reina Blanca porque no le gustaba que le señalaran sus defectos.

La Reina suspiró y cerró los ojos.

—Sé sumar —respondió—, si me das tiempo... ¡pero no sé restar bajo *ninguna* circunstancia!

—¿Y el abecedario te lo sabes? —preguntó la Reina Roja.

—Claro que me lo sé —contestó Alicia.

—Yo también —susurró la Reina Blanca—; muchas veces lo recitamos las dos juntas, querida. Y te diré un secreto... ¡Sé leer palabras de una letra! ¿No es estupendo? Pero no te desanimes. Con el tiempo aprenderás tú también.

De nuevo habló la Reina Roja:

—¿Puedes contestar preguntas útiles? ¿Cómo se hace el pan?

—¡Eso lo sé! —exclamó Alicia entusiasmada—. Se necesita harina de trigo...

—¿Y dónde recoges el trigo? —preguntó la Reina Blanca—. ¿En el jardín o en los setos?

—Bueno, no se recoge ahí —explicó Alicia—: está molido...

—¿Molinos dices? —interrumpió la Reina Blanca—. No deberías saltarte tantas cosas.

—¡Abanícale la cabeza! —dijo preocupada la Reina Roja—. Le va a dar algo de tanto pensar...

Las dos se pusieron manos a la obra y la abanicaron con ramos de hojas hasta que tuvo que suplicarlas que lo dejaran, que la estaban despeinando.

—Ya se encuentra mejor —dijo la Reina Roja—. ¿Sabes idiomas? ¿Cómo se dice «tralalá» en francés?

—«Tralalá» ni siquiera es español —contestó seriamente Alicia, pero de pronto se le ocurrió una respuesta perfecta—. Hagamos un trato, si me dice en qué idioma está «tralalá», ¡le diré cómo se dice en francés! —exclamó triunfal.

Pero la Reina Roja se irguió muy derecha y dijo:

—Las Reinas no hacemos tratos.

«Pues a mí lo que me gustaría es que no hicieran preguntas», pensó Alicia para sus adentros.

—No nos peleemos —dijo la Reina Blanca en tono preocupado—. ¿Por qué suceden los relámpagos?

—Los relámpagos suceden —dijo Alicia muy decidida— por los truenos... ¡no, no! —se corrigió rápidamente—. Quiero decir que es al revés.

—¡Demasiado tarde! —dijo la Reina Roja—. Lo dicho, dicho está, hay que aceptar las consecuencias.

—Lo que me recuerda que... —dijo la Reina Roja bajando la mirada y juntando y separando las menos nerviosamente— tuvimos *una* tormenta el martes pasado... quiero decir durante la última serie de martes pasados.

Alicia se quedó perpleja.

—En *nuestro* país —comentó— solo hay un día a la vez.

—Pues vaya un país tacaño —respondió la Reina Roja—. Aquí, solemos tener dos o tres días y noches cada serie, en invierno incluso juntamos hasta cinco noches seguidas... por el calor, ¿sabes?

—¿Hace más calor en cinco noches seguidas que en una noche? —se atrevió a preguntar Alicia.

—Pues claro, cinco veces más calor.

—Pero por la misma regla, deberían ser cinco veces más *frías...*

—¡Exactamente! —exclamó la Reina Roja—. Cinco veces más cálidas y cinco veces más frías... ¡igual que yo soy cinco veces más rica que tú y cinco veces más lista!

Alicia suspiró y se rindió. «¡Esto es como una adivinanza sin solución!», pensó.

—Humpty Dumpty también lo vio —siguió diciendo la Reina Blanca en voz baja, como si estuviera hablando consigo misma—. Llegó hasta la puerta con un sacacorchos en la mano...

—¿Qué quería? —preguntó la Reina Roja.

—Dijo que quería entrar —continuó la Reina Blanca— porque estaba buscando a un hipopótamo. Pero daba la casualidad de que no había ninguno en casa aquel día.

—¿Y normalmente sí? —preguntó Alicia asombrada.

—Bueno, solamente los jueves —respondió la Reina.

—Yo sé por qué fue —dijo Alicia—. Quería castigar al pez porque...

Pero la Reina Blanca la interrumpió de nuevo:

—¡Una tormenta que no te puedes ni imaginar!

—La que no puede ni imaginar es ella —añadió la Reina Roja.

—¡Parte del tejado salió volando, y los truenos entraron en la casa! ¡Tendrías que haber visto aquellos truenos yendo por las habitaciones, chocándose con todo! ¡Me asusté tanto que no me acordaba ni de mi nombre!

«¡A mí ni se me ocurriría intentar recordar mi nombre en mitad de un accidente! ¿Qué sentido tendría?», pero no dijo esto en voz alta por miedo a herir los sentimientos de la pobre Reina.

—Discúlpela Su Majestad —dijo la Reina Roja a Alicia tomando una de las manos de la Reina Blanca y acariciándola suavemente—, normalmente tiene buenas intenciones, pero no puede evitar decir tonterías todo el tiempo.

La Reina Blanca miró a Alicia tímidamente y ella sintió que debía decir algo agradable pero realmente no se le ocurrió nada en aquel momento.

—Nunca la educaron muy bien —continuó la Reina Roja—, ¡pero es increíble lo amable que es! ¡Acaríciale la cabeza y verás lo contenta que se pone!

Pero Alicia no se atrevió a tanto.

—Un poco de amabilidad... hazle unos rizos en el pelo... y conseguirás de ella lo que quieras...

La Reina Blanca suspiró profundamente y apoyó su cabeza sobre el hombro de Alicia.

—¡Tengo tanto sueño! —gimió.

—¡Está cansada, pobrecita! —dijo la Reina Roja—. Alísale el pelo... préstale tu gorro de dormir... y cántale una nana.

—No tengo ningún gorro de dormir —contestó Alicia— y no me sé ninguna nana.

—Entonces lo tendré que hacer yo misma —dijo la Reina Roja, y empezó:

> Descansa, señora, descansa un buen rato.
> ¿O no ves que Alicia ya te tiene en brazos?
> Queda tiempo aún para que la fiesta empiece
> y haremos primero un enorme banquete,
> habrá también baile a la luz de la lumbre.
> ¡Conmigo, contigo, y una gran muchedumbre!

—Ahora ya sabes la letra —añadió recostando la cabeza sobre el otro hombro de Alicia—, cántamela también a *mí*. Me está entrando sueño.

Un segundo más tarde las dos Reinas estaban ya completamente dormidas y roncando muy fuerte.

—¿Y qué hago yo ahora? —se preguntó Alicia mirando a su alrededor muy confusa. Aquellas dos redondas cabezas se deslizaron desde sus hombros hasta su regazo como unos fardos pesados—. ¡No creo que haya habido antes nadie que haya tenido que cuidar a dos reinas dormidas al mismo tiempo! Al menos no en la historia de ningún país, porque ningún país ha tenido más de una Reina a la vez. ¡Despiértense ya, pesadas! —dijo impaciente, pero no recibió por respuesta más que unos suaves ronquidos. Habían cambiado de entonación y sonaban casi como una melodía. Se quedó escuchándola tan ensimismada que apenas se enteró cuando las dos cabezas se desvanecieron de su regazo.

De pronto estaba de pie frente a una puerta con forma de arco sobre la que se podía leer en grandes letras «REINA ALICIA». A ambos lados del arco había un tirador para llamar al timbre: en uno ponía «TIMBRE PARA LAS VISITAS» y en el otro «TIMBRE PARA LOS SIRVIENTES».

—Esperaré hasta que se termine la canción y después llamaré al... ¿a qué timbre debería llamar? —se preguntó confusa por los letreros—.

No soy ni una visita ni una sirvienta. Tendría que haber uno que dijera «REINA»...

Pero en ese momento la puerta se entreabrió y una criatura con un pico muy largo sacó la cabeza un momento y dijo:

—¡No se admite a nadie hasta la semana después de la que viene! —Y cerró de un portazo.

Alicia llamó al timbre y golpeó la puerta en vano durante un rato hasta que una Rana muy vieja que estaba sentada bajo un árbol se levantó y fue renqueando hasta donde se encontraba. Iba vestida de amarillo chillón y llevaba puestas dos botas enormes.

—¿Qué es lo que pasa ahora? —preguntó la Rana con voz profunda y ronca.

Alicia se volvió dispuesta a poner reparos a quien fuera.

—¿Dónde está el sirviente encargado de contestar al timbre de esta puerta? —preguntó enfadada.

—¿Qué puerta? —replicó la Rana.

Alicia estuvo a punto de ponerse a pegar saltos de la irritación que le producía que aquella rana hablara tan lento.

—¡Pues esta de aquí! ¿Cuál va a ser si no?

La Rana miró la puerta con sus enormes ojos sin brillo durante un rato. Luego se acercó y la rascó un poco con el pulgar como si estuviera probando si se caía la pintura. Finalmente miró a Alicia.

—¿De contestar al timbre? ¿Pero quién le ha preguntado? —Estaba tan ronca que Alicia apenas le oía.

—No sé qué quiere decir —dijo.

—Hablamos el mismo idioma, ¿no? —continuó la Rana—. ¿O es que estás sorda? ¿Qué le ha preguntado?

—¡Nadie ha preguntado! —replicó Alicia impacientemente—. ¡Estaba llamando a la puerta!

—No deberías hacer eso... no deberías... —murmuró la Rana—. Le pone muy nerviosa, ¿sabes?

Luego se acercó hasta la puerta y le pegó una patada con uno de sus grandes pies.

—Déjala en paz —dijo jadeando mientras volvía hacia el árbol— y ella te dejará en paz a *ti*.

En ese momento la puerta se abrió de golpe y se oyó una voz muy aguda que cantaba:

> Alicia la Reina nos ha dicho a todos:
> «Tengo una corona que está hecha de oro,
> ¡quiero que vengáis todos a cenar
> conmigo y las Reinas hasta reventar!».

Y cientos de voces se unieron al coro:

> «Llenad vuestras copas, y cubrid las mesas
> de botones, trigo y otras recompensas.
> No olvidéis ponerle ratones al té
> y digamos "¡Viva!" treinta veces tres.»

Luego se oyó un ruido confuso de vítores y Alicia pensó para sí: «Treinta veces tres suman noventa veces. Me pregunto si alguien llevará la cuenta». Se hizo el silencio de nuevo y la misma voz aguda continuó con la siguiente estrofa:

> «Oh, mis criaturas», dijo Alicia Reina.
> «El honor de verme a todos apremia,
> ¡quiero que vengáis todos a cenar
> conmigo y las Reinas hasta reventar!»

Después se oyó el coro otra vez:

> «Llenad vuestras copas de melaza y tinta
> o de cualquier cosa que dé buena pinta,
> lana y vino, arena y sidra, todo se bebe,
> y digamos "¡Viva!" dos mil veces nueve.»

—¡Dos mil veces nueve! —repitió Alicia asustada—. ¡Así no acabarán nunca! Será mejor que entre de inmediato...

En cuanto entró se produjo un silencio sepulcral. Alicia ojeó nerviosamente la mesa mientras caminaba por el gran pasillo y se dio cuenta de que había unos cincuenta invitados de todos los tipos: algunos eran animales, otros pájaros, e incluso había algunas flores entre ellos. «Me alegra que hayan venido sin que se lo haya pedido —pensó—. ¡Yo nunca habría sabido a quién era correcto invitar!»

Había tres sillas en la cabecera de la mesa: la Reina Roja y la Blanca habían ocupado ya dos de ellas, pero la del centro estaba vacía. Alicia se sentó en ella bastante incómoda por el silencio y deseando que alguien dijera algo.

Por fin empezó a hablar la Reina Roja:

—Te has perdido la sopa y el pescado —dijo—. ¡Que traigan el asado!

Los camareros pusieron una pierna de cordero justo delante de Alicia, y ella la miró angustiada porque nunca había tenido que trinchar un asado antes.

—Pareces un poco tímida... Permíteme que te presente a la Pierna de Cordero —dijo la Reina Roja—. Alicia... Cordero, Cordero... Alicia...

La Pierna de Cordero se puso de pie en el plato e hizo una pequeña reverencia a Alicia y ella le devolvió la reverencia, sin saber si debería sentirse asustada o divertida.

—¿Quieren que les corte un poco? —preguntó sosteniendo un cuchillo y un tenedor y mirando a una Reina y a otra.

—Por supuesto que no —dijo la Reina Roja muy seria—, no sería correcto cortar a alguien que ha sido presentado formalmente. ¡Que se lleven el asado!

Los camareros se lo llevaron y trajeron un enorme *pudín* de ciruela en su lugar.

—No me presenten al *pudín,* por favor —dijo Alicia muy deprisa—, o al final me quedaré sin cenar nada... ¿Quiere que le dé un poco?

Pero la Reina Roja parecía malhumorada y gruñó:

—*Pudín*... Alicia; Alicia... *Pudín.* ¡Que se lleven al *Pudín*!

Los camareros se lo llevaron tan rápido que a Alicia ni siquiera le dio tiempo de devolver la reverencia.

Alicia no entendía por qué tenía que ser la Reina Roja la única que diera órdenes, así que exclamó para ver qué sucedía:

—¡Que traigan al *Pudín*! —Y ahí apareció de nuevo, como en un truco de magia. Era tan grande que no pudo evitar sentirse tan intimidada como con el Cordero, pero superó su timidez con un gran esfuerzo, cortó un pedazo y se lo dio a la Reina Roja.

—¡Menuda impertinencia! —replicó el *Pudín*—. ¡Me pregunto si te gustaría a ti que yo te cortara un trozo!

Le habló con una voz tan pastosa que Alicia se quedó sin palabras mirándolo con los ojos abiertos.

—Pero contéstale —dijo la Reina Roja—. ¡Es de mala educación dejar al *Pudín* con la palabra en la boca!

—Hoy me han recitado muchísimas poesías —dijo Alicia un poco asustada, porque en cuanto comenzó a hablar se hizo un silencio sepulcral y todos la miraron fijamente—, y una cosa muy extraña, creo... era que todos los poemas hablaban de una manera o de otra sobre peces. ¿Por qué están tan interesados en los peces por aquí?

Se lo preguntó a la Reina Roja, pero su respuesta tomó otro camino:

—Sobre peces —dijo con voz solemne y susurrando en el oído de Alicia—- Su Majestad Blanca conoce una adivinanza encantadora, toda en verso. ¿Quieres que te la recite?

—Su Majestad Roja es muy amable al mencionarlo —susurró la Reina Blanca en la otra oreja de Alicia, en un tono que parecía el arrullo de una paloma—. ¡Para mí sería un placer! ¿Puedo?

—Por favor, adelante —dijo Alicia muy educadamente.

La Reina Blanca soltó una carcajada encantada, acarició la mejilla de Alicia y comenzó a recitar:

Pescar uno es sin duda lo primero que hay que hacer;
no te preocupes, es fácil, puede hacerlo hasta un bebé.

Luego al mercado hay que ir para pagar su dinero;
un penique es suficiente para pagarlo a buen precio.

Para cocinar el pez hay que ser más bien astuto
pero no se tarda nada, casi menos de un minuto.

Cuando ya está cocinado hay que ponerlo en el plato
que tampoco es mucho tiempo, apenas menos de un rato.

Qué bien huele, por favor, tráiganlo pronto a la mesa;
eso es muy fácil también, porque tampoco pesa.

Y aquí viene lo difícil, lo realmente complicado:
no hay quien pueda levantar la tapa del pescado.

Y es que se pega y se pega, como un duro pegamento
se pega la tapa al plato, y el pez sigue ahí en el centro.

Por eso te pregunto ahora: ¿qué ves más fácil de hacer,
resolver la adivinanza o destapar nuestro pez?

—Tómate un minuto para adivinarlo si quieres —dijo la Reina Roja—, y mientras tanto nosotros beberemos a tu salud... ¡A la salud de la Reina Alicia! —gritó con todas sus fuerzas.

Todos los invitados empezaron directamente a beber. Lo hacían de una manera muy extraña: unos de ellos se echaban las copas sobre la cabeza como si fueran apagavelas y se bebían lo que les goteaba por la cara... otros volcaban las licoreras y se bebían el vino que rebosaba por los lados de la mesa... y tres de ellos (que parecían canguros) se encaramaron sobre el asado y empezaron a beber ansiosamente a lengüetazos la salsa, «¡como si fueran cerdos en un abrevadero!», pensó Alicia.

—Lo mínimo que podrías hacer es agradecernos este gran banquete con un bonito discurso —sugirió la Reina Roja, mirando a Alicia con el ceño fruncido.

—Nosotras te apoyaremos en todo, ¿de acuerdo? —susurró la Reina Blanca mientras Alicia se ponía de pie muy obedientemente, aunque un poco asustada.

—Muchas gracias —murmuró Alicia como respuesta—, pero no creo que sea necesario.

—Sea necesario o no sea necesario, tienes que hablar —replicó la Reina Roja con un tono muy decidido, así que Alicia intentó someterse a su exigencia de buen talante.

(—¡Y empujaban de una manera! —le contó luego a su hermana cuando le relataba el banquete—. ¡Era como si quisieran exprimirme hasta la última gota!)

De hecho, se le hacía muy difícil mantenerse en su sitio mientras pronunciaba el discurso: las dos Reinas la estaban empujando tanto, cada una por su lado, que casi la levantaban del suelo.

—Me levanto ahora para agradeceros... —empezó Alicia, y de verdad se levantaba. Mientras estaba hablando se elevó varios centímetros, pero se aferró al borde de la mesa y consiguió bajar de nuevo.

—¡Ten cuidado! —exclamó la Reina Blanca sujetando a Alicia por los pelos con las dos manos—. ¡Parece que va a pasar algo!

Alicia contó luego todas las cosas extraordinarias que comenzaron a suceder de pronto. Las velas crecieron hasta el techo como un conjunto de juncos con fuegos artificiales en la punta y en cuanto a las botellas, cada una de ellas se hizo con un par de platos que se pusieron rápidamente a modo de alas, y así, con tenedores como patas, fueron revoloteando en todas direcciones: «son como pájaros», pensó Alicia en mitad de la terrible confusión que había comenzado.

En ese momento oyó una risa ronca a su lado y se dio media vuelta para ver qué le había sucedido a la Reina Blanca, pero en vez de la Reina se encontró con la Pierna de Cordero sentada en su silla.

—¡Estoy aquí! —exclamó una voz desde la sopera y Alicia se volvió justo a tiempo para ver la sonrisa de la Reina mirándola un segundo desde el borde, antes de desaparecer por completo dentro de la sopa.

No había tiempo que perder. Había ya algunos invitados que habían caído sobre los platos, y el cazo de la sopa caminaba hacia Alicia sobre la mesa haciéndole señas impacientemente para que se apartara de su camino.

—¡No aguanto más! —gritó levantándose de un salto.

Alicia agarró el mantel con las dos manos y dio un buen tirón: platos, bandejas, invitados y velas terminaron chocando unos con otros y cayendo al suelo.

—Y en cuanto a *ti* —continuó Alicia volviéndose ferozmente hacia la Reina Roja, a quien consideraba responsable de todo aquel desastre... sin embargo, la Reina ya no estaba a su lado... se había quedado reducida de pronto al tamaño de una pequeña muñeca y corría con el mantón colgando describiendo círculos sobre la mesa. En otra circunstancia a Alicia le habría sorprendido mucho, pero *en ese momento* estaba demasiado nerviosa como para que la sorprendiera nada.

—En cuanto a ti... —repitió levantando a la pequeña criatura justo cuando se disponía a saltar sobre una botella que acababa de aterrizar sobre la mesa—. ¡Te sacudiré hasta que te conviertas en un gatito!

Capítulo X

UN MENEO

Mientras hablaba la tomó de la mesa y la sacudió adelante y atrás con todas sus fuerzas. La Reina Roja no ofreció resistencia alguna, pero su cara parecía hacerse cada vez más pequeña al mismo tiempo que sus ojos se hacían más grandes y verdes. Alicia siguió sacudiéndola, pero a cada segundo se volvía más pequeña... y más robusta... y más suave... y más redonda... y...

CAPÍTULO XI

SE DESPERTÓ

Y al final se convirtió en gatito.

CAPÍTULO XII

¿QUIÉN LO SOÑÓ?

S u Roja Majestad no debería maullar tan alto —dijo Alicia un poco seria mientras se restregaba los ojos—. ¡Me has despertado de un sueño tan maravilloso! ¿No sabías, gatito, que has estado conmigo en todas mis aventuras a través del espejo?

Un hábito un poco irritante y que es propio de los gatitos (de hecho, fue Alicia quien lo comentó en una ocasión) es que, les digas lo que les digas, ellos siempre responden con un ronroneo. «¡Si por lo menos ronronearan para decir "sí" y maullaran para decir "no" o algo parecido —comentó Alicia aquella vez—, sería posible mantener una conversación con ellos! Pero, ¿cómo se puede hablar con alguien que responde *siempre* lo mismo?»

En aquella ocasión el gatito se limitó a ronronear, por lo que fue imposible saber si quería decir «sí» o si quería decir «no».

Alicia buscó entre las piezas de ajedrez que había sobre la mesa hasta que encontró a la Reina Roja, después se tumbó sobre la alfombra y puso a la Reina Roja y al gatito frente a frente.

—¡A ver, gatito! —gritó dando palmas triunfalmente—. ¡Confiesa que te habías convertido en esta pieza!

(«Pero ni siquiera la miró —dijo luego, cuando le contó la historia a su hermana—; se dio la vuelta y se marchó, como si ni siquiera la hubiese visto. Pero a mí me pareció que estaba un *poquito* avergonzado, por lo que estoy *segura* de que era la Reina Roja.»)

—¡Siéntate un poco más erguido, gatito! —dijo Alicia con una carcajada alegre—. Y aprovecha la reverencia para pensar lo que vas a… a ronronear. ¡Así se gana tiempo, recuerda!

Luego lo alzó en volandas y le dio un pequeño beso «por el honor de haber sido la Reina Roja».

—¡Copo de nieve, pequeñín! —continuó mirando al gatito blanco, a quien en aquel momento estaba acicalando su madre—. A ver cuándo termina Dinah con el aseo de su Blanca Majestad. ¡Esa debía de ser la razón por la que siempre estabas tan desaliñada en mi sueño! Dinah, ¿es que acaso no sabes que le estás haciendo el aseo a la Reina Blanca? Mira que limpiarle el hocico a la Reina Blanca de esa manera… ¡Un poco de respeto! ¿Y tú, Dinah? ¿Quién eras tú en el sueño?

Alicia continuó hablando consigo misma tumbada sobre la alfombra apoyando la barbilla en la mano para mirar de cerca a los gatitos.

—Dime, Dinah, ¿eras tú Humpty Dumpty? *Creo* que sí, pero no estoy muy segura, así que no le comentes nada a tus amigos. Por cierto, gatito, si de verdad estuviste conmigo en mi sueño hay algo que seguro que te habrá encantado. ¡Me refiero a todos esos poemas sobre peces! Mañana te haré un tratamiento real. Cuando estés comiéndote el desayuno te recitaré «La Morsa y el Carpintero» y así podrás imaginar que son ostras lo que estás comiendo… Y ahora, gatito, pensemos tú y yo quién ha soñado esta historia. ¡Es una pregunta muy seria, gatito, y no deberías responderme así, lamiéndote la patita como si Dinah no te hubiese lavado esta mañana! Yo creo que solo hemos podido ser o yo, o el Rey Rojo. ¡Ya sé que él estaba en mi sueño, pero es que yo también estaba en el suyo! ¿Tú crees que era el sueño del Rey Rojo, gatito? Tú eras su esposa, así que deberías saberlo… ¡Ayúdame a resolver este misterio y deja de restregarte la patita, que eso lo puedes hacer en cualquier otro momento!

Pero el irritante gatito terminó de restregarse aquella patita y empezó a restregarse la otra, como si no hubiese oído la pregunta.

¿Y *tú*? ¿De quién crees tú que fue el sueño?

Atardece en la barca debajo del sol;
los remos se deslizan lentamente ahora;
inquieto, julio comienza su adiós.

Cerca unas de otras tres niñas esperan,
el oído atento, la mirada inquieta,
para oír la historia que tanto desean.

Llovió mucho ya desde aquel verano;
ecos y recuerdos se fueron marchando;
ante el mes de julio triunfó el mes helado.

Solo ella quedó, la niña soñada,
Alicia en el cielo como un fantasma;
nunca la vio nadie con despierta mirada.

Cada día, aún, los niños se aprietan
entre ellos muy fuerte cuando les alientan
lindas voces de historias y antiguas leyendas.

Inocentes entran al País soñado
de las Maravillas mientras el verano
duerme poco a poco y va terminando.

En él se deslizan como en retirada
las luces naranjas de tardes doradas;
la vida es un sueño, dice la tonada.

FIN